升起我們的帷幕
辻村七子
NANAKO TSUJIMUR
譯者:R
BOKUTACHI NO MAKU GA AGARU
LN016
三日月書版

CONTENTS

目次

升起我們的帷幕

✦✦ Bokutachi No Maku Ga Agaru ✦✦

第一章

四月二十日。東京都新宿區。

來到即便在早晨戶外走動，也不需要身著長袖的季節。

二藤勝戴著墨鏡，將帽子壓低至眼睛，走在人來人往的街道上。

新宿是座繁華的城市。在這上班族與學生來來往往的街道上，隨處都能看到滿天飛的華麗廣告。新推出的運動鞋、金融業、美容按摩、新上映的戲劇。

那些廣告上，藝人們散發著無盡的笑容。

「……」

勝像在確認那些笑容般眺望了一會兒後，快步離開。他正在前往公司的路上。

演藝經紀公司，赤樫經紀公司。

是二十四歲的演員——勝的所屬公司。

「早安！」

在放著無數張傳單與裝有防窺磨砂玻璃隔板的入口處，勝打了聲招呼，隨後傳來「早」、「早安」的回應。

「二藤先生，請到會議室。」

「會議室？經紀人在那邊等我嗎？」

「是的，社長也在。」

「……社長？」

十分鐘後。

二藤勝陷入了混亂。

空蕩蕩的公司會議室是給藝人和經紀人討論事情的空間，因此他並不是對這裡的空曠與清冷感到困惑。這次，會議室裡不僅有經紀人，就連社長也在。雖然這不是頭一次出現的狀況，但兩人的神情都不對勁，表情不像要宣布「簽下了知名運動服飾公司的廣告」，或是「拿到真實事件改編劇的主角了」之類的喜訊。

兩人看起來似乎也相當困惑。

「請問……怎麼了嗎？」

當勝詢問後，開口說話的是社長。他是在四十多歲成立了演藝經紀公司的傑出菁英，對勝視如己出，十分疼愛。

「我希望你冷靜地聽我說。」

「好。」

「你知道鏡谷海斗嗎？」

面對突然冒出來的人名，勝沉思片刻後，「啊」了一聲，拍了拍手。

「討論度很高的舞臺劇導演，很年輕的那位？」

「沒錯。他負責舞臺劇的編劇和導演，算是個才子。今年二十四歲，應該和你一樣大。」

「這樣啊，請問他怎麼了嗎？」

社長陷入沉默，瞥了經紀人一眼。前天剛過完三十六歲生日的女經紀人在膝蓋上握緊拳頭。

「勝先生，有人向你提出了邀約。」

「……是鏡谷海斗先生嗎？」

「對。」

勝在點了點頭的經紀人面前笑了，那是不自覺露出來的表情。

「是因為鏡谷先生要製作電視節目相關的工作，所以向我提出邀約嗎？」

「不是，他想請你出演舞臺劇。」

「……我沒有出演舞臺劇的經驗耶。」

「是主角。」

「啊？」

勝還以為經紀人會回他「對吧！」或是「就是說啊！」，可經紀人說出的話語超出了他的預想。

主角。

主角？什麼的主角？

「咦？是希望我？去演舞臺劇嗎？還是主角？」

由於社長和經紀人的表情中沒有一絲玩笑，讓勝無法反問是不是哪裡搞錯了。

勝感覺同時聽見了血液在身體裡沸騰的熱流聲與冰冷的凍結聲。

「這是對方寄來的企畫書。」

「……容我看一下。」

作品名：《百夜之夢》[1]

企畫：百夜之夢製作委員會（主辦ＫＰＰ製作）

編劇・導演：鏡谷海斗

1　百夜之夢：日文讀作「ももよのゆめ（MOMOYONOYUME）」，《百夜之夢》主角百的日文讀音為「もも（MOMO）」。另，「ももよ」與日文的「百世」和「百代」同音，亦有長久之意。

期間：十月十七日～二十八日　澀谷稜鏡大表演廳

共十五場演出

概要：戰亂時代的末期，農民生活在被蠻橫的流浪武士剝削的恐懼之中，身為農民的百被流浪武士選中，不得不作為流浪武士生存下去。在日復一日的戰爭中，找到了自己真正所願的百，最後能實現的夢想是——

「……」

這似乎是部時代劇，還是劍戟動作劇。勝想像著舞臺的畫面。劇情雖然很嚴肅，但視覺效果會十分華麗，且具有極高的娛樂性質。主角百可能從頭到尾都會站在舞臺上，必須不斷揮舞刀劍的同時，還要發揮精湛的演技。

「……所以是有『百』這個角色的徵選會，要我去試鏡的意思嗎？」

「不是，是選定你飾演百，已經向你提出邀約了。看看第二張。」

勝沉默著接下文件。紙張的上半部分大大地寫著「內部機密」的字樣。

敬祝貴司日益繁榮。關於本次的企畫《百夜之夢》，我們強烈希望能由貴司旗下演員二藤勝先生擔任主角「百」的角色。藤二先生在《海之守護者☆海洋劍士》中飾演主角「海洋藍劍士」時，展現出了爆發力十足且生動活潑的魅力，百一角相當適合二藤先生。此外，劇中使用模擬刀與環境演員進行的武打戲，若由曾任劍道社主將的二藤先生來演繹，必定能勝任……

讀到這裡，勝的眼神開始游移。面對一臉疑惑的社長，勝瞪大雙眼，故作輕鬆地笑了起來。

「喔喔！這個人把我的事調查得好仔細喔！」

「那是當然的，正因如此才會向你提出邀約啊。」

社長保持著一貫的態度，用沉穩的眼神注視著勝。

「你要接嗎？」

「……」

「勝先生，我覺得拒絕也沒關係。我們雖然不確定對方為什麼會向勝先生提出邀約，但能肯定的是這份工作相當重大。對你來說，這會是久違的工作，還是大型舞臺劇的主演。」

「嗯……是呢。」

「風險很高。」

這是毋庸置疑的。而且，所謂的高風險，背後也隱藏著高報酬。

擔任話題性十足的劇作家兼導演的舞臺劇主角。在澀谷大劇場舉行十五場的公演。

票房潛力十足的娛樂作品。還有勝最拿手的劍擊，而且是板上釘釘的事。

面對這份出乎尋常的邀約，勝笑了出來。他也只能笑了。

「……社長，容我確認一下，這有什麼交換條件嗎？」

「交換條件？像是什麼？」

「要是我接了這個角色，其他演員就沒辦法……拿到某個角色之類的？」

「那不是『交換條件』，只是『適者生存』。所謂的交換條件，是『派高人氣的A演員出演的條件是，要讓新人演員B同框』。是事務所要向製作方推銷自家新人的手段，跟這次的邀約毫無關係。」

「……這樣啊。」

「有收到邀約的只有你。當然不會帶給其他演員不利影響，完全不會。」

隨著社長的話語，勝點頭如搗蒜。

最後他咧嘴一笑。

「我明白了。那麼，也只能接了呢！」

「這可是武打的工作喔！」

「沒問題的，我是動作片演員啊！真的沒問題的。」

「……但是——」

「而且，要是拒絕了條件這麼好的工作，您認為他們之後還會提邀約給我嗎？」

社長陷入了沉默。

勝十分明白社長想說的話，這份體貼讓勝感動得想哭。但就現實問題上，人才濟濟的演藝圈是幾乎不會給人『第二次機會』的業界。尤其是對失敗過的人而言，更是困難。就像勝這樣的人。

經紀人表情嚴峻。勝猜想可能是在思考，要是自己中途夾著尾巴逃跑的話，她該如何善後。

為了一掃布滿會議室裡的不安陰霾，勝露出了開朗的笑。

「我接下了，我會努力的，還請幫忙回覆！詳細資訊確定後請再聯絡我，我會來事務所拿。」

勝深深一鞠躬，抬起頭時發現社長和經紀人依然面露不安。勝覺得兩人就像奇幻電影中，送兒子踏上前途未卜的冒險之旅的父母。他淺淺一笑後離開了會議室。要踏上冒險之旅的是主角，也就是主演。正是勝這次要擔任的角色。

即便是未知的旅程，也要在最後獲取寶藏。

勝握緊了拳頭。

他自己，也必須這麼做才行。

因為他一定要「成大業」——

無論是電視節目的工作，還是舞臺劇的工作，相關人員首次聚集的日子被稱作「初次會面」。不過，由於這次情況特殊，鏡谷海斗親自指定了在初次會面前和勝見面的時間。

＊＊＊

地點並不是咖啡廳之類的場所，而是位於新宿荒涼一隅的共享空間。

據說鏡谷海斗目前負責的戲劇作品就在這裡進行排練。

「謝謝妳，這麼忙還抽空過來。」

「應該還有其他演員在現場，我先去跟他們打聲招呼。這段時間勝先生可以和鏡谷先生兩人先聊，沒問題吧？」

「沒問題，但他如果是很可怕的人怎麼辦？哈哈哈。」

「處理騷擾事件也是經紀人的工作一環，還請您安心。」

「不是，我沒有想到那裡去。」

爬上又窄又髒的階梯，來到標示著「POPPO空間」的商辦大廈二樓，看起來確實像戲劇人工作的地方。狹窄到走動時肩膀會擦過的牆壁上，貼滿各種劇團公演的介紹。對勝來說這一切都很新鮮，但他也不想做出大驚小怪的反應讓經紀人擔心。

畢竟勝可是主角。

由才華洋溢的新銳劇作家指定，世上獨一無二的演員。

他想表現得從容。

接待人員開門後，約二十張榻榻米的空間隨即映入眼簾，黑色地板上到處都是膠帶殘留的痕跡，有一面牆是鏡子，其他則是灰色的隔音磁磚。

演員們在貼有膠帶的地板上打滾。

經紀人露出疑惑的眼神後，那位帶領兩人進入排練場、貌似負責監督的男性工作人員，拿出劇本示意兩人。戲目為《門》，榮獲被譽為新人戲曲家跳板的若竹獎，是鏡谷海斗的代表作。

而鏡谷海斗，正坐在置於整個空間中央的折疊椅上。

直到排練結束，鏡谷海斗等待十五分鐘左右，用手拍了拍攤開的劇本，發出了「啪」的乾脆聲響。那暗示著「暫時先練到這」。

投入「角色」的演員們恢復成「一般人」的狀態，直接席地而坐。

經紀人在勝的耳邊說著「走吧」。

勝從門前踏出一步，大聲打了招呼。

「大家好！我是二藤勝，打擾了！」

勝朝三個方向都做了近乎直角的鞠躬。引起了一些笑聲，勝也因此開心了起來。能讓大家笑，使他安心不少。勝在經紀人的催促下走到鏡谷海斗的身旁。他身穿像是在量販店販售的不起眼休閒套裝、戴著綠色粗框眼鏡。那套看起來比勝要年長十歲的造型裡，唯獨那疲憊且蒼白的面孔顯得年輕。休閒套裝之下的身形，是纖細且瘦弱的。整體就像會整天都待在公立圖書館研讀課業的大學生。

先開口說話的是經紀人。

「鏡谷先生您好，我是赤樫經紀公司的豐田。這位是參與本次製作的演員二藤勝。」

「您好！」

勝再次鞠躬。鏡谷海斗笑了。看起來是在笑。在思索他到底有沒有笑之前，勝和鏡谷海斗握了手。

「二藤先生您好，我是鏡谷海斗。」

「我是二藤勝，還起請多多……指……？」

「哦，想起來了嗎？」

喃喃自語的「鏡谷海斗」露出看似微笑的扭曲神情看著勝和經紀人。

這個表情，好像曾經看過。

並不是幾天前或幾個月前，而是更久遠之前。

劇作家維持著和勝握手的狀態，朝經紀人說道：

「我跟勝先生以前讀同一間高中。我的筆名是『鏡谷海斗』，但本名是蒲田海斗。」

「……蒲田，是那個蒲田？」

「對，就是那個蒲田。」

才華洋溢的劇作家再次展露了那詭異的微笑。總是負責保護勝的經紀人絲毫沒有受影響，展現了穩重的神情，但勝本人卻啞口無言。

蒲田海斗。

「好久不見，勝先生。還請多多指教。」

這位行禮男子的名字，讓勝聯想到度過了充滿激烈「爭吵」——更該說是「霸凌」的高中生活的少年，那個遭受無視、被亂取綽號，還被關在男生廁所的獨立間、總是擺著撲克臉的少年。

「哎呀，真的很抱歉。今天待會兒還有一個記者會，還請讓我在車裡和兩位聊聊，沒有充裕的時間真的很抱歉。」

經歷和鏡谷海斗驚人的「重逢」後，來到勝和經紀人面前的，是替兩人打開排練場大門並負責監督的男性。收到名片後，勝才發現他並不是負責監督的工作人員，而是「百夜之夢製作委員會」的核心大型製作商——KPP製作的製作人。男子笑說「製作人什麼都得做」，並介紹自己名叫清見晴彥。挖掘了公費留英研讀戲劇歸國的鏡谷海斗，並以《門》為首舉辦公演，一舉獲得成功的大功臣就是他。

清見純粹地替鏡谷海斗的忙碌感到開心，他帶著勝、經紀人和鏡谷海斗來到停車場，請他們上車後發動了引擎。記者會將舉辦於車程約三十分鐘距離的飯店。

「以防萬一，事先澄清一下，我並沒有打算讓勝先生出席記者會。畢竟是之後才要公布演員陣容。啊，不過您要是有這種打算的話，要突然闖入也沒關係，感覺會變得很有趣。」

清見哈哈大笑著說道，經紀人則是堆起了假笑。

後座的前後排各有三張正面相對的座椅，海斗和勝相對而坐，而經紀人則是坐在勝的身旁。

在膝蓋幾乎會相觸的距離下，鏡谷海斗直視著勝的眼睛。鏡片後方，那雙目不轉睛盯著自己的雙眼，與記憶中那個總是威嚇著周圍一切的高中生無法重合。

或許是因為習慣，和在排練場一樣，鏡谷海斗將上半身前傾，由下往上注視著勝，並說道：

「我想，你最好奇的應該是『為什麼會選我』吧？」

當勝一點頭，海斗便露出了扭曲的表情。勝說服自己那是個微笑。他感覺自己就像是在和有著人類外表的外星人溝通一樣。

「首先，第一個理由是我看了你一年前飾演的『海洋藍劍士』。電視劇的工作和舞臺劇的工作，在細節上確實有不同之處，但大致相同。聽說使用海洋之劍的武打戲是本人親自上陣。海洋藍劍士的表現十分出色。」

勝和經紀人一齊鞠躬，傳達感謝之意。

鏡谷海斗是這一年如流星般閃現的新人。根據經紀人的情報，勝主演的晨間兒童劇播出的時間，與他公費留英就讀戲劇學校勤勉念書的時間重疊。豐田推測他應該不是在播放檔期時收看，而是透過串流平臺看的。這番言論讓勝獲得了一絲慰藉。對於即使檔期結束，自己參與的作品依然能被人看到一事，他單純地感到開心。

自從飾演「海洋藍劍士」一角後，勝再也沒有接過狹義的「戲劇工作」了。這一年間，他只擔任過一支國內運動品牌廣告的形象代言，還有幾部不含武打的事件改編劇。並沒有任何狹義的戲劇演出。

因為他沒辦法接這種工作。

是有收到邀約，但勝卻有不得已的原因。

鏡谷海斗從鏡片後方凝視著勝。

「第二個理由，是我認為這次劇本的主角『百』相當適合你。」

「您是看了飾演海洋藍劍士的二藤才這麼覺得的？還是參考了您對二藤在高中時期的印象呢？」

面對豐田的提問，鏡谷海斗沉默了一會兒，遲遲沒有回答。像是在找新上司的習慣般，勝推測他不是個會隨便給出敷衍回應的類型。

「……雖然沒自信能好好解釋，但我認為最大的理由是娛樂精神，從你那份努力回應大眾期待的精神，讓我想到了百。」

「……」

只要是藝人的話，無論是誰都有這份精神吧？勝沒有提出這個疑惑，因為這個問題不僅太過卑微，而且海斗也沒給他插話的機會。

「把這個作為決定性的理由或許稍顯薄弱，但我確信您就是最佳人選。作為一起製作戲劇的伙伴，勝先生，還請多多指教了。」

是一段連客套都稱不上的話語。勝想聽的不是這個，他想知道選上自己的具體理由是什麼。

然而在他提問前，車已經抵達了目的地。這裡看起來像是電視臺持有的飯店的地下停車場。

「海斗，要出場囉。」

「知道了。」

「還好有附造型師，要是就這樣出去的話，影片可能會有『剛睡醒？』的留言吧！」

「哈。」

不久後，清見和海斗向幾位警衛展示了通行證，四人便在警衛的引導下走進建築內。

抵達像是宴會廳的一樓大廳後，清見和海斗先告辭離開了。

「……他們真忙啊。」

「真想多和他們打聽一些事。」

勝點了點頭，但經歷過連續好幾天錄影行程的他，十分清楚電視業的行程表是以分鐘來規劃的。清見製作人肯定還有其他工作，而海斗應該也想先做好即將公演的《門》的最後準備。秋季舞臺劇的優先順位自然比較低。

但即使如此。

「……蒲田……那傢伙竟然是蒲田嗎？」

「我還是第一次聽說你們是高中時期的朋友。他是個怎樣的人？」

「嗯，不算是朋友……」

勝話語含糊。

兩人曾就讀的是一所普通的都立高中。並沒有設立特別加強藝術方面的課程，只是一間平凡的學校。從當時就開始對外宣稱「我一定要進入娛樂圈成為演員」的二藤勝算是風雲人物，從二年級到三年級都擔任了學生會會長，同時也兼任劍道部社長，有著相當忙碌的高中生活。

同時期，蒲田海斗則遭受了霸凌。

即便他本人不承認，勝也認為那就是霸凌。

「勝先生？怎麼了嗎？」

「不，沒什麼。那個……我們只是『認識』而已，幾乎沒怎麼聊過。」

「這樣啊。」

點頭後，經紀人環顧四周，說了聲「抱歉」後，小跑去了洗手間。

無事可做的勝倚靠著牆打開了手機。沒有任何通知。這一年來，他過著幾乎沒和朋友交流的生活，所以也不會有人傳訊息來。

一分鐘後，記者會似乎開始了，傳來了閃光燈的聲響和掌聲。隔著牆聽到模糊的聲音，似乎是清見製作人的聲音。

勝稍稍走近，看著已經作為記者會場的宴會廳入口。

由於大門已經關上，他不會被記者看到。

一個寫著「鏡谷海斗新作發表，百夜之夢」的A3海報，像巨大的歡迎看板般掛在入口處。

在場的人們應該多多少少都對鏡谷海斗的新作有所期待。而這些人也將在不久後得知舞臺劇的主演會是二藤勝。一想到這些人知道消息後會怎麼想，勝突然感到眼前一片空白。

新作品是時代劇動作片。

有武打場面的戲。

「……」

『沒問題，一定可以的，因為我必須『成大業』才行』，勝在心裡默念。

此時，兩位身著西裝的中年男子邊用飛快的語速交談，邊匆忙走過勝。

「真是的，為什麼要選那種像是玩具商品的傢伙當主角？」

「哎，最近的英雄玩具可不容小覷呢。」

「被小覷的是我們才對。本來應該是我們公司的……」

「聽說是那位年輕劇作家的強烈要求……」

「作為交換條件，這次公演……」

就在勝愣在原地之際，男人們逐漸走遠，再也聽不見兩人的交談聲。

呆站了三十秒左右，經紀人回來了。

「抱歉讓您久等了。怎麼樣，已經十一點半了，要去吃點東西嗎？」

「好啊，走吧。」

勝與從洗手間返回的經紀人一起轉身離開宴會廳，腳踩著長毛紅毯走出了飯店。

「還好嗎？」

「……嗯，為什麼這麼問？」

「您看起來在想些什麼。」

「沒有啦，沒什麼。」

勝笑了。從對面建築物的玻璃窗看見自己的笑容時，勝覺得這副笑容就像貼在空寶特瓶上的標籤。

之後，他和經紀人在咖啡聽吃了遲來的午餐，接著由經紀人送他回到獨居的公寓。

勝仰躺在床上，思考著自己聽到的話語。他被海洋藍劍士和動作明星的海報包圍著。

「……」

玩具商品。英雄玩具。

勝沒有遲鈍到認為這是在指別人。

由二藤勝主演的消息雖然還在保密階段，但某種程度上似乎已經有所流傳，勝那冷卻的心如此思考著。勝早已習慣被人背後批評演技差、武打功夫不行，自從在高中決心要進入演藝圈時，他就訓練自己不去在意這些了。

然而。

『本來應該是我們公司的……』

『劇作家的強烈要求……』

『作為交換條件……』

勝思索著。

綜合零碎的情報，將二藤勝選為主演一事似乎存有阻礙，並且還有其他競爭對手。

然而，在鏡谷海斗的強烈要求下，最後則由勝擔任了主演。

為了達成這個要求，鏡谷海斗還接受了某些條件——

勝實在不懂為什麼要做到這種地步？

勝今年二十四歲，既不是目前最有新鮮感的新銳，也沒有舞臺劇經驗，經過長時間的空窗期，也不如從前那樣受歡迎。

即便如此，還是要選勝的理由是什麼呢？

「……是看在同一所高中的情分上？不，不可能。」

畢竟勝對蒲田海斗是懷抱著罪惡感的。明明身為學生會會長，他卻沒有幫助被霸凌的海斗。如果他是海斗的話，面對這種人，光是看到臉就覺得厭煩也是正常的。

既然如此，他為什麼沒有指定其他人選，只向勝提出邀約？

勝無法理解。

「……真希望能再多聊一會兒。」

勝回想起車內短暫的談話。

雖然海斗沒有給出強而有力的答案，但他確實說過。

『我有如此確信的理由。』

若是真的有那種理由，最想知道的人肯定是勝。

過去一年裡，幾乎沒有戲劇相關的工作。因為某些原因，甚至無法參加試鏡。服裝代言的工作也沒有續約下一檔期，正朝單檔的方向結束。《海洋劍士》播放檔期時曾一度活耀的粉絲社群，現在也門可羅雀。畢竟支持的對象並沒有好好活動，這也是理所當然的。勝已經被社會框進「好像有這位藝人」的框架中一段時間了。這對出道後需要不斷工作維持曝光的演員來說，是相當致命的。

勝深切意識到自己正站在演員生涯的懸崖邊。被自我逼迫，無意間來到了這裡。

他能否在懸崖邊站穩，重新踏上康莊大道呢？

勝的未來幾乎都賭在與鏡谷海斗的合作上。

「……舞臺劇嗎？」

腦海裡浮現的，全都是困難的挑戰。現場演出、龐大的臺詞量、不同於電視劇的肢體控制、為劍戟動作劇需要增強肌力、與合作演員和導演之間的人際關係。

以及害合作演員受傷的可能性。

「……沒問題，一定可以。我沒問題的，我辦得到！」

勝閉上眼睛，手放在胸前，不斷對自己念誦著咒語……

我辦得到。

我一定會做到。

因為勝必須作為演員「成大業」才行——

大多的商業戲劇演出會在公演前一個月左右開始排練。例如這次的公演在十月，那麼排練就是從九月開始。在勝剛加入演藝經紀公司，第一次聽到這種安排方式時，對行程的緊湊度感到驚訝，但經紀人的解釋十分合理。

「舞臺劇的薪水是依公演場數支付。很少有把排練時間也算入薪資的公演。把沒收入的那一個月，以及未來都要靠演戲維生這兩件事一起考慮的話，換算成總工作時數的時薪來看，或許算合理。」

勝無言以對。

然而，勝是舞臺劇新人。也許是考慮到這一點，海斗在初次會面前兩個月，也就是在七月時，幾乎完成了《百夜之夢》的劇本。

在距離初次會面還有兩個月時，勝成功從海斗那裡拿到了劇本。並且在初次會面前，勝就背好了全部的臺詞。因為無論是搭電車、上廁所還是去超市購物，他總是戴著耳機聽著自己親自錄好的臺詞音檔。他很清楚自己必須要努力到這種程度才行。雖然他仍覺得不夠，但經紀人告訴他，如果在初次會面前就獨自深入排練，最終努力可能付諸流水、精神受挫，於是勝就止步於背誦臺詞和閱讀劇本。此外，他也順便製作了一個倒數日曆，並用圖釘固定在海報的間隔中，每天撕掉一張。

鏡谷海斗的新作《百夜之夢》初次見面會，是在靠近澀谷稜鏡大表演廳的一間老舊得恰到好處的倉庫舉行。一、二樓是打通的自由空間，一樓是給工作人員進行美術和服裝製作的作業區。接下來的排練也將在這裡進行。

U形排列的椅子和桌子的正中央，是鏡谷海斗和勝的座位。其他演員分列於左右兩旁，隨著位置漸遠，能看見負責道具和服裝等工作人員的面孔。考慮到大家都互不認識，每個人都掛著寫有姓氏的名牌和部門名稱的識別牌。

所有人都到齊後，第一位站起身的是製作人清見。

「大家好，我是KPP的清見。無論是熟識的人還是初次見面的人，都請把我當作『工具人』看待。本次公演是新銳劇作家鏡谷海斗的首部時代劇，也是首部武打劇。各位不僅會成為時代的見證者，更是時代的創造者。我很榮幸能參與其中。接下來的漫長旅程，還請大家多多關照。」

清見熟練地深鞠一躬，眾人以掌聲回應。

接著站起來的是海斗。

「……我是鏡谷海斗，這部劇的劇作家。這次的故事，簡單來說……應該算是『夢與現實』的故事。讓我們一起創造夢想吧。請多多指教。」

海斗迅速鞠了一躬後坐下。初次會面是為了分享戲劇的主要目的和主題。儘管空氣中瀰漫著「他是不是該多說點什麼？」的氣氛，但海斗卻一點也不在意。

清見製作人事先指示過「麻煩當第三個打招呼的人」，勝按順序倏地站起身。

「大家好！我是擔任百一角的二藤勝。作為舞臺劇新人，沒有什麼可畏懼的事物。我會全力以赴、傾盡全力。請大家多多指教。」

勝再次深深鞠躬，熱烈的掌聲包圍著他。

在初次會面開始前，已經有幾位工作人員主動跟勝打招呼。大家都很友善，給予滿滿鼓勵，並沒有遇到他擔心的那種「首次登臺就擔任主演」的冷嘲熱諷。每個人都以自己的工作為傲、全力以赴。

勝剛坐下，第四位演員便站了起來。

身形清瘦高䠷，及肩捲髮用黑色橡皮筋綁起，有著低沉如被天鵝絨纏繞般的甜美嗓音。

「我是扮演流浪武士・我愉原的天王寺司。進入演劇界已有二十年，雖然是超級新人，但我也會全力以赴的。請多關照。」

話音剛落，室內響起一陣爽朗的笑聲。他是以「爬蟲系男子」一稱而大受歡迎的演員，他曾成為女性向雜誌的封面人物，該雜誌因此特例再版了。他今年三十四歲，雖是舞臺劇出身的演員，但去年被選中演出大河劇時，展現了華麗的劍術。是位內外兼具的實力派演員。

我愉原是百的競爭對手，是個厭世主義者。他最後會死在百的手中，但在那之前他們必須展示一場武打場面。雖然劇本上只寫了「二人展開了生死搏鬥」，但要在舞臺上重現這場面一定會消耗大量的體能。

天王寺司瞥了勝一眼後，妖豔地笑了笑。

「我看過劇本了。小勝，你一定要好好殺了我喔。」

被稱作「小勝」，讓勝稍微紅了臉，他邊鼓掌邊輕輕低頭致意。

接著，兩位扮演百朋友的演員自我介紹完後，第七位演員站起身。

那與坐著時高度相差無幾的身影，赫然是一位年幼的孩子。

「大家好！我是劇團卡特蘭旗下的雨宮響，飾演擔任小姓[2]一職的森若。就讀小學三年級。我會努力的，還請多多指教！」

像是剛試鏡完般，雨宮響用宏亮且清晰的聲音打完招呼後，深深鞠了一躬。他是個小男孩，但頭上卻束了髷[3]。勝看著雨宮，心想「真可愛啊」時，響看向勝並露出了微笑。

2 小姓：武家職稱之一，隨侍武將身邊負責各種雜務的同時，也擔任護衛一職。

3 髷：日本的傳統髮型，指頭頂的束髮。

「那個，我一直都有看《海洋救世主》，能和您一起工作，我真的好感動！還請多多指教！」

「啊……」

「咳咳。」一聲輕咳讓響馬上坐直了身體。

坐在一旁的男子緩緩起身。

「我是扮演流浪武士・神猿大王的田山紺戶。嗯，請多指教。」

田山紺戶。即使不是戲劇界人士也都聽聞過他的名字，是個重量級演員。自四十多年前出道以來，主要演出的作品是獨立電影，但這十年來也開始在連續劇裡展現渾厚的存在感，甚至也演出兒童節目裡的反派，擴展了演出類型。雖然才剛滿六十五歲，但那張有著通紅耳鼻的圓臉、隨意修剪的花白頭髮，以及晃著圓潤身軀說話的模樣，只能用「老年人」來形容他，在勝的眼中看起來就像是七八十歲的人。以他的地位來說，他本來要更早起身打招呼，但他卻坐在相當於末席的位置。勝看到他自己選了這個座位。

田山所扮演的「神猿大王」是需要展現激烈武打戲的流浪武士首領。勝不禁擔心這位老演員是否能勝任，但他隨後又差點笑出來。對方可是舞臺劇的老前輩，他該擔心的是自己才對。

之後，扮演百的同輩流浪武士的芝堂匠，以及其他流浪武士的角色們進行自我介紹，接著是舞臺總監、製作人、大道具、小道具、燈光、時程管理等，這些在戲劇製作中不可或缺的幕後工作人員也輪流介紹自己，勝也為他們使勁拍手。儘管觀眾只看得到臺上的演員，但要是沒有無數幕後人員的支持，戲劇就無法成立，這與勝在電視行業中所見的情況並無不同。

在一輪介紹之後，終於來到「重頭戲」了。

也就是圍讀劇本。

故事從農民「百」居住的村莊遭受流浪武士襲擊，並被抓去當奴隸的段落開始。原本是被抓去當苦力，但向流浪武士們展現出反抗精神的百，被敵方首領「神猿大王」看中，加入了流浪武士的隊伍，並受到小姓森若的敬愛。

就在百逐漸適應流浪武士的生活時，隨著神猿大王的逝世，百被推舉為新的首領。另外，敵對流浪武士的首領我愉原殺害了小姓森若，讓百成為憤怒的化身並發誓報仇。在斬殺敵人、追趕我愉原的過程中，百意識到自己變得跟我愉原一樣，成為了殺戮者。

此時，百發現自己曾生活的村莊以新的形式復興了，然而卻再次遭受我愉原的襲擊。

為了守護自己出生和成長的村莊，百決定放棄首領之位，獨自面對我愉原率領的流浪武士團。

最終，百戰死，但也成功保護了他的故鄉——

經過幾次臺詞複讀和事實核對後，圍讀劇本結束了。排練共持續了兩個小時。

雖然已經記熟了臺詞，但出聲朗誦並和其他演員對演後，勝覺得自己重生了。已經精疲力盡的同時，卻又充滿了成就感。

作為百活著，作為百死去。

舞臺上的勝被賦予了演繹這個男人一生的使命。

滿身是汗、失神發呆的勝身旁，天王寺站起身。他那宛如性感爬蟲類的臉龐勾起微笑，俯視著勝。

「累了嗎？」

「……一點都不累！」

「太好了，那大家一起去喝一杯吧。」

「啊，是這種慣例嗎？」

「在我待的劇團，只要完成某件事，一起去喝酒是常例。」

「哪裡都是這樣吧。我之前待的地方也是這樣。」

擔任環境演員的輪島回應後，天王寺露出了笑容。

勝很開心，他好想馬上跟別人分享剛剛經歷的興奮。

《百夜之夢》的劇本裡，擁有一切元素。

從令人捧腹的搞笑對話，到伙伴間的友情、背叛、生死搏鬥、意志間的碰撞、妥協、生與死。

勝難以相信這樣的劇本竟出自與他同年齡的人之手，更確切地說，這竟然是由同為人類的人寫出的。每說出一句臺詞，就感覺有清澈的水流入自己無形的「精神」之中，洗去所有存在已久的雜念，使他成為一個全新的人。

正處於渴望將這份感動和周圍的人，或是劇作家海斗分享的狀態下，他覺得能在居酒屋聊上好幾個小時。

當勝準備和其他人一同離開排練場時——

「勝。」

喊住他的人正是海斗。

突然被不帶姓氏的直呼名字讓勝感到錯愕，勝轉過身，眼前的海斗露出了他從未見過的神情。要是沒看錯的話，那表情代表的是——憤怒。

「不准走，留下來。」

「啊？」

「留下來，有話對你說。」

眼鏡後方的目光冰冷刺骨，緊緊盯著勝。

原本對這位寫出精采劇本的男人滿懷感激的勝，瞬間被那一瞪嚇得退縮了。

朝著被留下來的勝，海斗逼近他至不能再近的距離，眼神由下往上直瞪著勝。

「……請問，有什麼問題嗎？我的演技很糟嗎……？」

「現在還談不到演技。我早有預料，所以這不算大問題。但是……」

——你還不是名舞臺劇演員。

海斗的聲音短促而清晰，響徹整個排練場。

「首先，你的聲音太小。發聲基礎沒打好。這裡不是上方有麥克風收音的電視攝影現場。你必須讓最遠處的觀眾都能聽見你的聲音，不然一切都沒有意義。」

「可是，我、我很常被說聲音很大……」

「那只是普通人標準。」

海斗眼鏡後方的眼神犀利，勝被矮他一顆頭的清瘦男子鎮壓得幾乎要往後退。

「正如我說的，這是預料之中的事，畢竟你是第一次挑戰舞臺劇。我認可你先背熟臺詞的基本努力。但問題是接下來。」

「接下來？」

「你要在一個月內成為『舞臺劇演員』。」

海斗斬釘截鐵地說。當勝微微點頭時，海斗厲聲道：

「用第一人稱說一遍。『你要在一個月內成為舞臺劇演員』，把『你』換成『我』。」

「……『我要在一個月內成為舞臺劇演員』。」

「再來一遍。你要在一個月內，變成一名舞臺劇演員。」

「我要在一個月內，變成一名舞臺劇演員。」

「再來一遍。你要在一個月內，成為一名讓人刮目相看的舞臺劇演員！」

「我要在一個月內，成為一名讓人刮目相看的舞臺劇演員！」

勝響亮的嗓音迴盪在整座排練場，天花板的反射板也隨之振動，接著變成回聲逐漸消散。

海斗沒有再繼續說話，只是用一種微妙的表情看著勝，也就是那個「微笑」表情。

「你宣言了，就要做給大家看。」

「……請多指教，鏡谷先生。」

「叫我海斗就好。我也會叫你勝。」

「海斗。」

這位新銳劇作家點點頭，眼鏡後方的眼神再度閃閃發光。當時被關在廁所的少年，如今已能露出如此堂堂正正的模樣，讓勝心中滿是感動。

「我不會手下留情。」

「那真是太好了。」

就在兩人握手時，突然傳來了掌聲。

本應該前往居酒屋的大家，聚集在排練場外，悄悄看著勝和海斗的互動。

第三章

自那天起，勝展開了作為「百」的生活。

勝的一天從清晨六點開始，他比誰都早到排練場，與幕後工作人員一起整理場地。打掃完後進行伸展運動，檢查身體狀態，等待鏡谷海斗的到來。而那位總是面無表情，眼睛下方還掛著黑眼圈的劇作家，一定會在六點半出現。

海斗對勝進行了腹部發聲與身段等，培養舞臺劇演員基本功的訓練。然而一大清早的，即便想出聲也發不出聲，身體也還很僵硬。

儘管如此，海斗也不手軟。

「你還在用喉嚨發聲，要用肚子！好好感受腹部肌肉去發聲！」

「是！」

「現在的聲音不錯，但剛才的臺詞不行。」

「是！是！」

「『是』說一次就夠了。接下來，鍛鍊腹直肌的同時一起發聲。」

「是！」

「回家後不要忘了做肌肉訓練。」

「好的！」

然而，儘管海斗給出了「回家後」的作業，卻不讓勝輕易回家。在陣容還不會全員到齊的排練場裡，勝從不缺席，而且一定會被留下來繼續早上的訓練。

「發聲！你的肩膀在用力！」

「步伐！視線太低！看二十公尺遠的地方！」

「喜怒哀樂，『喜』！……這是什麼表演！你真的看到眼前的觀眾了嗎！」

新銳劇場人鏡谷海斗一對一嚴格指導勝。他的方法有點過於「嚴格」。這讓同樣在一大早就到現場，並同樣在一樓致力於服裝製作與舞臺美術製作的工作人員相當同情勝。

每當勝精疲力盡地回到家，還繼續沒日沒夜地進行肌肉訓練與伸展運動時，他都會想起高中時期的過往。

那個被霸凌的「蒲田海斗」。還有身為學生會長卻沒能制止的勝。

儘管他曾想過這或許是一種迂迴的報復，可體力透支的身體沒有給他多餘的時間去思考。

或許是察覺到了些什麼，經紀人傳來了一則『你還好嗎？』的訊息。勝不想在連正式的排演都沒進行過之前就吐苦水，於是他輸入了很多表情符號，再回覆一句『正享受其中呢！』，隨後嘆了口氣。

對勝來說，能夠放鬆的時間，是早上和晚上的分場排練之間，與其他演員們一同度過的午間排練。

一對一的特訓持續了大約兩個小時，到了八點半左右，其他成員陸續到齊。由於現在還不是集中訓練的時期，所以遲到的成員也不少，但中午前大部分的人都會到場。

與初次見面的人們迅速變熟的時間，對勝來說是十分愉快的。

「天王寺先生，接好！」

「小響，來！」

「勝先生，接好！」

由鏡谷海斗設計的排練暖身項目，是耗費整個上午的互動研習。互動研習是為了培養演戲所需要的綜合能力，勝在電視圈工作時也有過些許的研習經驗。從遠處看起來或許很像在玩遊戲，但要是全力投入就會讓人汗流浹背。

「田山先生，請接，今天如何呢！」

「跳過。」

「啊！」

白色排球發出「咚咚」聲響，滾到排練場地板上。

演員們正投入的研習，是邊喊名字邊傳球的簡單球類遊戲。由於站位是以勝為中心圍繞的配置，所以大多數演員都會喊勝的名字傳球。這對小學三年級的響來說，也是相對容易上手的研習，以海斗提出的研習來說，算是簡單的。

唯一例外的是，從頭到尾都喊跳過且不願接球的田山。

這位對於怠工行為毫無愧疚感的資深演員，雖然剛開始讓團隊中產生了不愉快的緊張感，但習慣後，大家接受了「他就是這種人」的角色定位。

而海斗什麼也沒說。

環境演員輪島撿起滾落在地上的球後，用籃球部學生般的手法，迅速將球傳給勝。

從正面接過球後，勝露出了笑容。

「謝謝你，輪島先生。來，小響！」

「請接住，天王寺先生！」

暖身運動之後，進行了『描寫』研習。每天，海斗會設定三種不同的庭院，或是房間，並要求他們口頭描寫每個場景。

「今天是『皇居裡的禁區花園』、『阿拉伯中產家庭的庭院』、『剛從墨西哥搬來身無分文的家庭的庭院』。」

「阿、阿拉伯中產家庭的庭院該怎麼想像呢？」

「你可以想像任何東西。勝，我再說一次，這不是找出正確答案的遊戲。這是要你口頭表達腦中所想的研習。這對回應訪問時也會有幫助。」

「……我明白了。」

「那麼，勝就負責『阿拉伯中產家庭的庭院』。」

「嗚嗚……」

「有時間抱怨，不如動動腦筋。小響，你能試試『皇居裡的禁區花園』嗎？」

「好，我明白了。」

「……『剛從墨西哥搬來身無分文的家庭的庭院』就麻煩田山先生。」

海斗補充說道：「如果可以的話。」

而田山沒有回應。

勝快速轉動著腦袋。回答是按照海斗提出設定的順序來進行。首先是響，他語氣可愛地「嗯」了一聲，接著從盤腿的坐姿站起身，開始了敘述。

「皇居的禁止進入區域的花園，位在長滿深綠色低矮樹木的地方。那裡正盛開著山茶花。」

「那麼，季節是冬天吧？」

「啊，是的，沒錯。山茶花是冬季的花……所以還殘留了一些雪。非常寒冷。不過有兩名保安人員，他們穿著卡其色大衣，戴著帽子和手套，威武地站在那裡。因為是禁止進入區域的花園，所以總是有人在這裡值班。」

「原來如此，你說得沒錯。那麼，這座花園的地面是什麼樣子呢？有很多落葉嗎？還是被掃得乾淨？」

「是的。地面被掃得很乾淨。雖然這是一座秘密花園，但是住在皇居的人們偶爾會來這裡散步，所以每天早上都有人進來清掃。」

「是個很棒的地方呢。讓我們仔細聆聽一下，能聽到什麼聲音呢？」

「……我什麼都沒聽到。遠處傳來一點點車子行駛的聲音。因為皇居周圍有馬路……嗯，不過花園深處真的非常安靜，安靜到耳朵會發痛的程度……就這樣了。」

「小響，謝謝你帶我參觀這麼美麗的花園。鼓掌！」

勝用盡全力鼓掌。響不愧是兒童劇團的一員，對於研習活動已經相當熟悉。這道會讓小學三年級的勝束手無策的課題，他也能面帶微笑且朝氣十足地應對。而這樣的響卻仰慕著勝。

他可不想表現出笨拙的模樣。

在海斗的催促下，勝站了起來。

「『阿拉伯的中產家庭的庭院』很……秀麗。」

「我應該說過要盡量少用形容詞了。形容詞本身不能傳達任何具體的意思。請描述那裡的具體事物、氣味、溫度、質感等等。你現在就在那座庭院裡。如果你的感想只有『秀麗』的話，沒人知道你指的是整頓好的房間，還是美人的容顏。」

「……這座庭院非常炎熱。攝氏三十度左右。」

「是又濕又悶的熱？還是陽光很晒的熱？」

「是陽光很晒的那種，因為空氣很乾燥，所以灑下來的陽光很熱，但在陰影處，風吹來時就會非常涼爽。」

「也就是說，那座庭院有遮陽的地方囉。是什麼物體的陰影？」

「……是樹。很大的樹。果樹。那個，這個家庭並不是非常富有，但因為一直住在這間祖傳的房子裡，所以那棵庭院正中央的大樹不曾改變。」

「原來是這樣。確實，如果庭院有樹的話，就能擋住灑進房裡的陽光。」

「對，就是這樣。然後，家裡有六歲和八歲的小孩。這兩個孩子很喜歡在樹的周圍追逐，偶爾會因為這樣被媽媽罵。」

「為什麼母親要責罵這兩個孩子？是因為危險嗎？還是有其他原因？」

「啊……因為樹的周圍有花壇，種了紅色和粉色的花朵，孩子們有時會不小心踩到花，所以才會被罵。呃，房子裡傳來了細微的電視聲。電視播放著阿拉伯的音樂節目，媽媽正邊煮菜邊看電視。」

「原來如此。勝看見的阿拉伯庭院，是座會有烈陽灑落的庭院，這個家有棵大樹生長於此，樹的周遭有兩個小孩在追逐，母親正在屋內煮菜，感覺會飄散出辛香料的香味呢。鼓掌。」

勝輕輕一鞠躬，坐下來時用右手背擦拭下巴。他冒了些冷汗。

而海斗的視線已不在勝身上。

視線的盡頭，是盤腿而坐並將頭撇向一旁的田山。

「田山先生，如果可以的話……」

田山沒有回應。如果他這次仍繼續跳過，無論什麼情況都只對田山特別寬容的海斗將會展示一段模範性的「描寫」。

然而這次，田山主動站了起來。

勝瞪大雙眼。田山那雙一向混濁的眼睛，此刻彷彿閃過了一絲如龍般的光芒。

「……身無分文搬過來的那戶人家的家……就在庭院裡，並不是家裡有庭院。三年前，父親原本打算借住在先搬來美國的哥哥家，但哥哥卻說自己不知情，於是態度強硬地拒絕了他，並把他們一家人都丟進了自家庭院裡的倉庫。這戶家庭有父親、母親以及兩歲女兒共三人。女兒不清楚發生了什麼事，每天只是茫然看著庭院。從早上醒來後就一直覺得餓，但庭院裡並沒有看似能吃的植物或水果。有的只是滿地的砂色塵土。因為這裡原本是停車場，把車賣掉後，就成了一無所有的地方。屋子的牆邊就放著哥哥小孩不要的馬口鐵飛機玩具，機翼上寫有白色的『US』字樣，但那孩子不明白那是什麼意思。抬頭看去，陽光相當刺眼，但不如在墨西哥時那麼強烈。美國的陽光比墨西哥的更嚴峻，總透著一絲冷酷。但那孩子並不清楚其中的理由。父親還沒有找到工作，母親白天在附近的餐館洗碗，並不在家。因為被囑咐不能進到屋裡，所以她只能待在庭院。對那孩子來說，這庭院就是她的整個世界。」

田山一口氣說完後坐了下來，再次盤起腿，看向一旁。

勝激動地拍起手。他似乎變成了那名兩歲的女孩，獨自被留在庭院裡，抬頭看著天空。感到非常寂寞、饑餓和痛苦。其他成員也在鼓掌，但田山只是表露了抑鬱的眼神。

「……謝謝。那麼，休息三十分鐘。吃完飯後，下午再來讀一次劇本。」

「是的。」大家齊聲回應海斗。

比起上午的研習，勝更喜歡下午的讀劇本練習。他已經把臺詞全部記住了，所以不需要像『阿拉伯中產家庭的庭院』那樣，逼自己從腦海中擠出無形的東西。

最重要的是，他喜歡演百這個角色。

「大哥，您要去哪裡？」

「『大哥』？那是什麼？」

「百大人就是大哥。森若會一直待在百大人身邊。」

「你這是在說什麼。我可沒要求過你這麼做。」

「但森若想這麼做。大哥，您希望我為您做些什麼呢？」

海斗面無表情地用手敲了敲攤開的劇本中央，那道如一記耳光般的清脆聲響是暫停的信號，圍坐成圓圈的一行人，從角色的臉孔變回了演員的臉孔，那是道魔法的聲響。就像拍攝時途中導演喊「卡」的聲音一樣。

第一幕第二場，勝飾演的百和響飾演的森若的對話戲暫停後，海斗首先看向響。

「小響，謝謝你。表現得非常好。這個孩子現在對百是怎麼想的呢？」

「嗯……被流浪武士綁架、餓著肚子被放著不管的時候，百分了飯糰給森若，所以森若把他當作恩人，想替他效力。」

「真是個好孩子。」

天王寺低語時，遠處的田山打了個噴嚏。流浪武士神猿大王在第一幕第一場綁架了百後，在第二場沒有戲份。田山和沒戲份時依然留在場內的天王寺不同，沒戲份時，他不是馬上消失在排練場外，就是在場地一隅做健康操，舒展他僵硬的身體。

海斗沒在意這些，這次看向勝繼續說話。勝微微縮起了身子。

「勝，此時的百在想什麼？」

「啊？……一個感覺出身不錯的孩子突然纏上來，有總『什麼啊，真麻煩』的感覺。不……應該不是。百一直以來就很受孩子喜歡，所以有一點開心。也有一絲想念村莊的心情吧。」

「原來如此。非常完美。」

「謝謝您！」

「但這一點完全沒有表現出來。」

勝覺得後腦杓彷彿被沙袋重重砸了一下。同時腦袋也浮出一道聲音，告訴他這說得也沒錯。

要怎麼做才能將自己的想法付諸於聲音裡呢？

勝並不清楚。

在電視臺拍攝時，導演會要求他表演好幾種不同版本。他會按要求呈現幾種不同的演技，最後將最好的版本編排進「正式」節目裡，就這樣完成了一場完美的演出。

但舞臺劇裡沒有「卡」。也不能透過剪輯拼接畫面。從頭到尾都是一氣呵成的現場表演。

「……對不起。」

「這不是該道歉的事。你腦中的想法是完美的，只需要表現出來就行。除了你，沒有人能成為『百』。這是毋庸置疑的。」

勝抬起頭。

這與海斗無視一切問題，也要把自己選為主角有關嗎——

在他開口詢問前，海斗已經看向天王寺。

「天王寺先生」

「在。」

「我來演森若，請天王寺先生試演一下百，從第一幕第二場的結尾開始。」

「演技規劃呢？是按照剛才小勝說的那種嗎？」

「隨您發揮。」

「那麼，我就小試幾個。」

於是，海斗和天王寺當場化身成森若和百，演出小姓與被擄農民相遇的戲碼。

一開始，勝有點懷疑天王寺能否演好百一角。因為天王寺無論從哪個角度看都是「帥氣的大哥哥」。而百則更像是「仍保有稚氣的純樸青年」，總覺得天王寺成熟的魅力過多，不太適合演百。

然而。

「『大哥』？那是什麼？」

「你這是在說什麼。我可沒要求過你這麼做。」

天王寺變年輕了。與他在讀劇本時，扮演流浪武士我愉原那種低沉如猛獸般的聲音完全不同，他發出了與勝相似的明亮嗓音，姿勢也比平時更加端正，彷彿變成了另一個人。勝開始分不清哪一個才是真正的天王寺，隨後又想起這兩者其實都不是他「本人」。

天王寺是一名演員。

起初，天王寺展示了畏畏縮縮、因環境變化而害怕的百。面對突然有孩子要靠近自己的狀況感到困惑，自顧不暇的他不禁粗暴地對待了孩子。

第二次的表演裡，用喜劇的方式呈現了百十分開心有孩子喜歡自己的心境。嘴上說著反話，語氣卻透露興奮，表情也笑咪咪的。不過，他偶爾會突然意識到「現在不該為了這種事開心」，其中的反差十分有趣。

而第三次的表演中，百就像隻受驚嚇的小鹿，正用盡全力保持自我。被隨意抓到滿是流浪武士的地方，前途未卜。擔心斷送好不容易撿回的命，於是即便面對想要照顧的孩子，也只能刻意擺出冷酷的模樣。

而森若海斗則不改演技規劃，都用一樣的表演方式與天王寺對戲。並告訴響「你保持原本的方式表演就好」。這更突顯了「對手」演技的差別。

試演了三種版本後，海斗再次拍打了劇本。

「——先到這裡。天王寺先生，謝謝。」

「不客氣。我還想試試更強硬的百的說。」

「那恐怕就不是『百』了。」

「我也這麼想。」

響的掌聲將勝的思緒拉回排練場。展現於眼前的一切都太過震撼，讓他的腦袋差點進入逃避現實的狀態。

所謂的演技，就是表演。

但演員的工作，可不僅僅只是展現「演技」。

而是要把只存在於自己腦海中的世界，演得彷彿真實存在般，將其展現給觀眾。

勝突然想痛毆覺得和「阿拉伯中產家庭的庭院」比讀劇本還比較有趣且輕鬆的自己一拳。

一切的根源都是相連的，這是將源流串在一起的訓練。

演員都看不見的東西，觀眾是不可能看得見、接收得到的。

「……天王寺先生，您太厲害了，我真的被感動了，真的好厲害。」

「哦，小勝真是個坦率的孩子。」

「不……」

「勝，你明白了什麼嗎？」

海斗的聲音讓勝回過神來，他趕緊收起放鬆的神情。

「……有一點，應該有一點明白了。我明白了之前沒理解到的東西。也就是要更用頭腦去想。用心去想，然後把它表現出來的感覺。」

「你的理解很正確，這是個很棒的開始。」

勝稍感驚訝。海斗有時會像外國人一樣稱讚演員。勝猜想，海斗在英國留學時，可能就是這樣被當地老師稱讚的。而海斗正試圖將這種方式傳達給日本的演員們。

海斗在某種意義上，也是一名「演員」。

在如廁用的五分鐘休息時間裡，勝努力在劇本裡條列出各種情境。百身處的環境以及懷抱的心情。在新的場所、陌生的地方、流浪武士們、滿滿的刀、戰爭、恐懼、不想死、想回家、但又不想被看穿內心的想法進而被輕視。勝笑了。這不就是一來到排練場，突然就被提拔成主角的自己的心境嗎？

休息結束後，海斗再次讓勝和響演了第一幕第二場。

勝毫不掩飾地表露自己的心境，說出了臺詞。

裝出若無其事的模樣，故作開朗。

但其實很害怕，非常害怕。

然而無處可逃，只能迎頭而上。

海斗讓兩人持續對戲到最後，也就是森若強行讓百認自己為小姓後，才暫停排演。

勝還是第一次對那道拍打劇本的乾扁聲響感到安心。

「小響，謝謝。勝，做得很好。」

「……謝謝！」

「和剛剛完全不同了呢！大哥。」

「欸？大哥？」

「是的，就像在戲中一樣。我可以喊勝先生『大哥』嗎？」

兩顆閃閃發光的眼睛，像黑寶石般凝視著勝。

響的內心裡，滿是對勝的好感。

此時。

好像有什麼。

在勝的內心深處，彷彿有條透明的龍正在抓狂。

『要成大業啊。』

『要成大業啊，前輩！』

『你一定沒問題的，我的份也拜託你了。』

迴盪在內心深處的聲音，是勝最疼愛的後輩的聲音。不用刻意去回想，無論是早晨、中午還是夜晚，這些話語就像回音般不斷迴盪在心中。

「勝先生？那個，如果不喜歡的話沒關係。」

見勝愣住的模樣，響誤解了什麼，他露出想挽回氣氛的微笑。勝連忙搖頭，一把攬住響的肩膀，就像第一幕第三場中，關係變親近的百，開始片刻不離地愛護森若那般。

「好的，交給我吧，森若，跟著我走。」

「……大哥！」

他回抱緊緊攬住自己腰的響，露出了笑容。可僅有臉上勉強地笑著。自從不需要再去思考內心的演技以來，他最擅長的就是笑的演技了。

這一幕，只有海斗在眼鏡後方靜靜注視著。

＊＊＊

第二天沒有排練。

因為這天是海斗搭檔已久的劇團上演他創作的劇本《門》的首演日。當海斗說能提供想看的人票券時，除了田山外，所有人都立刻舉起了手，於是幾乎大家都要去看劇了。

「五秒鐘就賣光的票對吧？能坐在內部人員席簡直像做夢一樣。」

「不，據說是三十秒呢。」

「那也一樣，瞬殺啊瞬殺。」

擔任環境演員的輪島頻頻向打工處傳訊息道歉，他乘坐在劇團提供的麵包車中，隨著車子逐漸駛近劇場，他越是情緒高亢地說個不停。

「這下終於要轉運了……可以還債了……」

當勝一露出訝異神情時，輪島立刻捂住嘴，接著露出一絲疲憊的笑容。

「環境演員的酬勞通常一場只有一萬日圓到兩萬日圓左右，而且還要練劍，維持體態已經很困難了，不打工根本填不飽肚子。但之前接的戲，其實連打工的時間都沒有，所以就借了一點錢……不過鏡谷海斗的戲酬勞比平時高一點啦。」

「一場一萬日圓嗎？」

響驚訝道，輪島笑著回答是啊。勝看著輪島的笑臉，感到有些心痛。

「而且排練是沒酬勞的。小響不是環境演員真是太好了。」

「但，明明那麼帥氣……」

「帥是帥，但不能當飯吃啊。」

「打斷一下，今天午餐要怎麼辦？不在中場休息時吃的話就沒飯吃了。輪島，你想吃什麼？」

天王寺像機關槍一樣說著話，被那氣場鎮壓的輪島畏畏縮縮地回答說隨便。天王寺散發了一絲收放自如的魅力，莞爾一笑。

「那就吃烤肉便當吧。這附近有家店不錯，便宜又好吃。可以預訂中場取餐。我告訴你地方，等會兒去拿吧。」

「……好的。」

車子停在地下停車場後，天王寺帶著輪島和其他男性環境演員出去訂便當。

「……」

勝的心情相當複雜。勝每次演出賺的酬勞是十五萬日圓。環境演員的日薪之低讓他十分震驚，儘管如此他也無力幫助他們。基本上，演員在沒有「角色」時是沒有收入的。

雖然不清楚像天王寺那樣邀約不斷的人氣演員是怎麼想的，但像勝這樣長時間無法接工作的演員深知賺錢不易。勝的父母在東京經營一家鮮魚店，兩人都還健在。邁向高齡的他們，由同住的弟弟照顧，讓勝能自由追逐自己的夢想。而這一點也是勝無法以自身能力掌控的幸運。

這座能容納五百人的劇場，在建有許多劇場的新宿中算是頗具規模，而今天座無虛席。海斗替勝等人準備的座位，是專門為了內部人員保留到最後的座位，坐落於座席中央貫穿而過的通道旁，是視野極佳的中心座位。除了天王寺外，也有其他知名人士到場，由於不能引起騷動，勝等人在場內燈光幾乎熄滅，只剩餘輝般的橙色燈光時才入座。

《門》是鏡谷海斗的出道作，也是他最具代表性的戲曲。

這部劇本已由大型戲劇出版社出版，並於新宿的大型書店中陳列販售，成為了暢銷書。雖然含稅售價一千五百日圓的精裝書讓勝有點心疼錢包，但他還是買來讀了一遍。是個短篇故事。

故事設定在一個虛構王國的「門」前，登場人物只有兩男一女共三人。除了門前的火把，沒有其他光源，三人彷彿被光芒吸引的飛蛾般聚集在一起。

隨著故事推進，三人各自發現自己的記憶模糊，他們誰都不知道自己從哪兒來，也不知道要往哪兒去。黑暗中傳來了詭異的聲響。門所在的地方似乎並不尋常。

隨著時間流逝，三人逐漸想起自己的事情。他們的名字分別是麻耶、哲、隼。也想起了從事的工作。也意識到自己的身體，比最後記憶中的自己還要年輕。

最終，三人得出一個結論。

他們可能已經死了。

而這道「門」或許通往死後的世界。

隨著各自回想起生活點滴，三人顯露出不同的價值觀和自尊心，打破了看似和解的平靜，加劇了紛爭。

就在三人即將互相殘殺時，門開了。

裡面射出耀眼的光芒，當眼前一片白之際，布幕落下了。

被照得白閃閃的舞臺轉暗，之後光線再度亮起，三人手拉著手從右側舞臺邊緣走出來。三人身上已不見方才流淚、破口互罵的演技，他們臉上掛滿笑容，身上滿是汗水。

勝站起來，給予了熱烈掌聲。這齣劇以赤裸裸地亮出白刃般的殘酷方式，展現人性的醜陋與自私，以及閃爍其中的溫柔，和無法貫徹溫柔的愚蠢。勝的喝采是對戲劇所能表達的感謝。

響也站了起來。天王寺和輪島等人也起身鼓掌，當凌亂的掌聲變成同步的節拍時，扮演麻耶的女演員再次消失在舞臺側。

當她再次出現時，她的手拉著海斗。海斗穿著黑色長褲和白襯衫，這是他在排練場常見的打扮。

少數仍坐著的觀眾見狀也站起身，最後所有觀眾都起立致意了。

海斗被五百名觀眾，以及當日增加的臨時座區和站區的觀眾們讚賞。彷彿在述說你的劇作很棒、你的演出好精彩般，觀眾們都為海斗獻上了掌聲。

海斗在三位演員前方站了一會兒，隨後馬上將三人推到前面，接著像是要表達感謝般，抑或請求大家放過拋頭露面的自己般，雙手合十置於面前不斷鞠躬，逃也似地離開了舞臺。

大廳充斥著討論故事寓意、讚賞演員逼真演技的談論聲，在氣氛如此興奮的大廳一隅，勝等人正等著工作人員呼喚他們。

「是二藤先生吧？」

「是，沒錯。」

在女性接待員的引導下，勝一行人進入了後臺。

穿過因擺滿花籃而只剩五十公分寬的通道後，見到了三名正戴著髮帶卸妝的演員，和《百夜之夢》現場裡也見過的工作人員，以及海斗。

最先注意到勝的是扮演哲的男演員。看到他和自己年齡相仿，勝感到十分驚訝。從舞臺上的表現來看，大概是五十歲、或是三十歲。

「是二藤勝先生嗎？下一部劇的主角？」

「是，是的」

說著「恭喜」的道賀聲中不帶一絲挖苦。一直以來，他們都是與海斗同甘共苦的伙伴。勝原本已經做好對方會表現出「本來應該是由我主演才對」的態度，甚至做了可能會挨揍的覺悟，但一切都是多慮。

飾演哲的演員名叫野野宮健吾，但演員們都以角色名「哲」來稱呼他，笑著解釋自已擔任這個角色很久了的他，似乎以前就在《門》中演過哲。

「請問是從什麼時候開始和海斗一起演戲的？」

「從大學社團開始。我們的劇團叫『越地黑蝙蝠』，海斗從那時起就是我們的駐團劇作家。現在想來，我們真是太奢侈了呢。」

「那麼，從初演開始……？」

「不，初演是我們的前輩。當時的《門》還只是個初步的雛型版本，結局和現在有點不同。」

「健吾，你在幹嘛？快去卸妝，再三十分鐘我們就要全部撤場。」

這道喚聲出自海斗。野野宮健吾聳了聳肩。

「嗯，我該走了。下次一起去喝一杯吧！」

「真的嗎……！」

「你看起來好像想聊些什麼。」

勝不禁向野野宮健吾走近了一步。即便受邀去小酌，但自己每天都有排練，根本不知道什麼時候才能成行。他想現在就弄清想知道的事。

「那個，我……不，野野宮先生。」

「嗯？」

「……請問海斗有沒有告訴你，他為什麼選你飾演這個角色呢？」

「沒有特別說什麼，畢竟我也很想演。」

「那麼試鏡……？」

「沒試鏡。是海斗決定的。原本製作人想找外部演員，但最後我就這樣被留下來了。不過飾演麻耶的是外部演員。你應該認識吧？她有演過電視劇。」

勝點了點頭。野野宮健吾露出沐浴清風般泰然自若的微笑。

「你在煩惱吧？」

「……」

「你現在坐的椅子，有很多人都想坐，多得像天上的星星一樣。」

「……我知道。」

「所以，沒關係喔。如果你想讓出那張椅子也沒關係。」

勝愣住了，這句話完全出乎意料。

野野宮健吾似乎料到了這個反應，加深了微笑。

「但你並沒有讓出來。為什麼沒有讓出來呢？那個『為什麼』很重要。試著專注在那個原因上，你一定會發現些什麼。」

「……野野宮先生。」

「我也有過一樣的經歷。」

「……是。」

「加油啊！海斗的劇本非常值得去演。一切結束後，你應該會成為全新的人。」

「我，再一個月後，就會成為一名讓人刮目相看的舞臺劇演員。」

「啊！你也被要求這樣說嗎？我也是！」

看著野野宮的笑容，勝覺得胸前卸下了一層鎧甲。這不是為了防禦他人而穿上的鎧甲，是對自己築起的。被提拔為主角是既幸福又幸運的事，在開心並認為自己得全力以赴的心情背後，還有為什麼自己得遭遇這一切的不滿。

野野宮讓他明白，有這樣的想法也沒關係。

野野宮那卸了妝的臉露出爽朗的笑。

「有夠懷念的！雖然不知道那個咒語到底有沒有效，但在心境上好像真的有幫助。」

「我想應該是有效的。野野宮先生的確是一名『讓人刮目相看』……不對，是『讓人醍醐灌頂般的舞臺劇演員』。對我來說，確實就是這樣！」

當勝如此說道，野野宮驚訝得睜大雙眼，隨後露出難為情的笑容。

「……多虧了海斗啊。那傢伙年紀明明比我小，但真是個不得了的人呢！以前肯定吃過很多苦吧，雖然他從不提那些過往。」

「……」

「好啦，我該去卸妝了。」

「抱歉，打擾您了。」

「沒事沒事。真的，改天去喝一杯吧！」

「好！」

打過一輪招呼後，勝等人再次返回排練場。今天有戲劇雜誌的採訪，所以海斗不會現身排練場。取而代之的，是由副導演佐藤佳苗來觀察大家的演技，她並沒有給予海斗不曾給過的新指示，只是從頭錄影到最後。似乎是打算將影片傳給海斗。由於田山沒有到場，神猿大王的臺詞則由替角來朗讀。

「那老頭在想什麼啊？」

一走出排練場，輪島就在通往一樓樓梯前的昏暗走廊低聲嘟囔道。

田山在排練場裡的態度確實有問題。不認真參與研習還隨意早退和遲到。勝要是做了同樣的事，肯定會先被海斗訓斥，再接著被製作人罵，就算和經紀人一起低頭道歉也不一定能被原諒。但那個人可是田山紺戶。

這是個絕不能輕忽「禍從口出」這句警語的業界。勝相當擔心在公共場合說出這種話的輪島，而本人卻只是盯著手機螢幕，似乎正在傳訊息給打工處。就在勝感慨輪島真的好忙時，輪島突然轉過身，嚇了他一跳。

「辛苦了。勝先生沒有打工嗎？」

「……現在沒有。」

「有什麼薪水不錯的打工嗎？有的話還請介紹給我。」

輪島邊說著「拜託了」邊快步下樓。

＊　＊　＊

第二天開始，海斗加快了排練的速度。因為《門》的公演開始了，他將行程規劃監督的職責轉交給了舞臺總監。在那之前，海斗的行程是深夜到清晨參與《門》的排練，小睡兩小時後馬上來到《百夜之夢》的排練場替勝進行個人指導，接著再進行全體排練直到傍晚，堪稱是直達過勞死的行程。聽出佐藤副導演的弦外之音時勝差點暈倒。同時也慶幸自己沒有說出「好累」兩字，即便是玩笑口吻。

「開始囉。從第一幕第十場開始。」

「是！」

隨著讀劇本持續進行，勝開始將思緒放在百的不可思議之處。

在扮演海洋藍劍士，也就是邊見葵的那一整年，他不曾像這樣將角色與自己的人格區分思考過。他只是照著自己的想像去演，想像自己要是獲得擁有神秘力量的腰帶，並被宇宙人指示要為了拯救世界的海洋而戰的話，他會怎麼行動。

但百不一樣。

起初，百只是一介農民，但後來適應了流浪武士集團，逐漸加入了掠奪的行列。又因為失去了重要的小姓而陷入失意，之後他像是遷怒，抑或是在逃避現實，開始不去深思掠奪的行為，過著如野獸般和伙伴們隨處鬧事的生活。然而，當他看見因珍愛之人被殺害而痛苦不堪的人們時，他突然清醒了過來。最終，他為了保衛故鄉的村莊而戰死。

這一切與勝完全不同。

動盪人生的所有元素，都存在於百的世界裡。

勝覺得自己心中有百和自己共兩個頻道。他認為自己就算身陷和百相同的狀況，他應該也不會殺人。但那也只是因為勝出生在現代日本，並接受過絕對不能殺人的教育，且身處於兄弟姊妹不可能會餓死的環境中。要是出生在生死都猶如路邊石頭般隨處可見的時代，就不清楚了。所以，能思考「殺人的意義」這類抽象事物的行為，或許正如神猿大王的臺詞所言，是「不愁明日溫飽之輩所擁有的可恨特權」。

然後，在「勝」的這些假設被完全剝除的地方，百就存在在那裡。

百以如同向設置在路旁的地藏菩薩祈禱一樣的姿勢端坐在勝的內心深處，有時會對他投來難以置信的目光。因為對百而言，他難以相信竟然有人能不必擔心溫飽，還能靠演戲賺錢。被這樣的目光吸引，自我的輪廓線逐漸模糊的數秒後，「勝」的頻道切換成了「百」。兩者間並不存在誰支配誰的問題，也沒有上下之分，他就只是存在於那裡的陌生人。只是那個陌生人和勝有著相同的面孔。

海斗對勝的演技指導從發聲、表現等基礎部分，逐漸轉移到其他細節。勝感覺到自己開始能回應海斗的要求。事實上，經過幾次重來，獲得ＯＫ的次數明顯變多了。

「就是這樣。想做還是做得到嘛！」

「啊……謝謝！」

儘管臉上依然毫無表情，但海斗開始偶爾會稱讚勝。

勝明白，這並不是放棄或激勵用的奉承。對於像輪島這樣武打功夫首屈一指，卻總記不住戲份，還常因打工而遲到的環境演員，海斗從不掩飾自己的怒火，會直接斥責「你到底是來幹嘛的？」，如果對方依舊不反省，海斗甚至連氣都不會生。一旦認定對方不知悔改，海斗就不會再留情面。

更不用說是身為主角的勝，他絕不會手下留情。

今天的排練重點是第一幕第十場。

作為第一幕的高潮，這是仍抱持農民心態成為流浪武士的百，面臨與過去徹底告別的場景。

「你這傢伙做了什麼！森若！」

「大哥……」

「森若，森若！啊啊不行，不行，看著我！呼吸啊！」

「能替大哥效勞，森若、很幸福……母親大人……母親大人，您在哪？啊……」

在天王寺飾演的我愉原的狂笑聲中，響飾演的森若死在百懷中。

在斷氣戲裡，響微笑著緩緩閉上雙眼。

就在這時，「百」的心裡，「勝」的頻道跳了回來。

『要成大業啊。』

『要成大業啊。』

『你一定沒問題的——』

「……勝？勝？」

突然回過神的勝，發現排練場的所有人都在看他。

因為他沒有唸出自己的臺詞，僅是愣在原地。

「對、對不起。我愉原！我饒不……」

「從頭再來一次。」

「……好的。」

海斗的聲音冷冰冰的。

勝再次潛入了「百」的頻道。然而，當演到我愉原斬殺森若的場景時，他又回到了「勝」的頻道。胸口開始劇烈跳動，呼吸變得急促，喉嚨也乾渴了起來。

即便這樣繼續排練下去，說出臺詞的嗓音也不如單純背誦好，於是海斗暫停了排練。

每重複同一個場景，勝心中那道如亡靈般的身影，就會一步又一步朝他逼近。

『要成大業啊。』

『你一定沒問題的。』

『因為你，奪走了我的未來啊——』

「哈哈哈哈哈！真是有趣，有趣得不得了啊！」

我愉原的狂笑聲讓勝感到厭煩。理智上，他明白這是為了讓百的臺詞更容易入戲而刻意誇張的表現，但在陷入一萬倍暴躁的情感上，他完全無法理解。

「什麼都不知道……」

「嗯？」

回過神來，勝已脫口說出了這句話。

這並不是臺詞，只是勝的真心話。

面露困惑的海斗甚至忘了要暫停演出，只是靜靜盯著勝的臉。

「……勝？」

海斗呆愣的神情看上去像是失望，勝忍不住站起身。他的左手緊握著劇本，右手則捂住了臉。

「……對不起。我去冷靜一下，真的很抱歉。」

衝出排練場的勝，穿過涼爽的走廊，走下了樓梯，當他衝進熱浪後，就這樣漫無目的地走著。右手邊有家自助洗衣店和便利超商，就算走進超商待著，可能過不久就得回排練場，所以他現在並不想走進去。左手邊則是一片空蕩蕩的商業大樓區，一個街區外的寬闊馬路上有座都營公車的公車站。

勝走到了公車站。

他並沒有打算搭公車逃到哪裡去。要是這麼做了，就得與經紀人進行一連串謝罪的行程。不過，他還是想搭乘能帶他離開排練場的交通工具，至少想走到乘車處附近。他想讓自己覺得他還有避風港可逃，哪怕實際上根本沒有。

坐在玻璃牆旁的兩人座長凳上，勝垂下了頭。他的錢包留在置於排練場的包包裡，所以即使公車來了也無法乘坐。儘管如此，他還是想等公車。

總覺得右腳的鞋子特別會頂到大拇指，勝打算脫下單隻鞋。但因為出汗，腳緊緊黏著鞋子脫不下來。雖然他也不知道在這種地方脫鞋有什麼意義，但如果不做點什麼，他覺得自己會忍不住放聲大叫。就在那時。

「喂，戈戈。」

忽然有人朝他說話了。

轉身一看，手扶著膝蓋的海斗正喘得上氣不接下氣。手裡不知為何和勝一樣緊握著劇本。看來當勝一離開，海斗就立刻追了上來。

「……『戈戈』？」

「這是戲劇《等待果陀》裡的角色。這個戲劇的開頭，就是戈戈正要脫鞋的時候，有個像我一樣的人出現了。另一個角色叫狄狄。但這不重要。你怎麼了？需要去醫院嗎？」

「對不起。突然跑出來，真的很抱歉。」

「沒事，我習慣了。有很多這樣的演員。」

勝懷疑這句話的真實性。至少在電視界，這種演員是不存在的，也不可能存在。那可是必須在一天內拍攝完數週戲份的拍攝現場。時間都是以秒計算的。在這樣連上廁所時間都是安排好的拍攝現場，要是擅自離開，其造成的損失簡直慘到讓人不敢想像。

海斗沒有說話，只是在勝的旁邊坐下。手足無措的勝再次向海斗道歉，也為害所有人等他而道歉。

比起回應他的道歉，海斗拋出了問題。

「勝。怎麼了？」

「……沒怎麼。一直慌慌張張的。真的很對不起。」

「如果有難以說出口的臺詞，可以改。這種調整是沒問題的。」

「難道要因為我而改劇本嗎？」

「你在害怕什麼？」

勝瞪大了雙眼。

戴著眼鏡的海斗，用一種陳述事實的口氣直擊勝的內心。不愉快的感覺湧上心頭，於是勝別過頭去，但海斗卻毫不在意，依然坐在長凳上。

尷尬的沉默後，勝開口了。

「……海斗，你是了解我到哪種程度才選我當主角的？」

「什麼都知道。」

「不可能吧。」

「你是在擔心篠目幸則嗎？」

篠目幸則。

彷彿心臟從胸口硬生生被掏出來，勝捂住了嘴。

這個話題曾在網絡新聞被報道熱議過。海斗不可能不知道，勝也明白劇組的演員們也應該知道。然而，被面對面提及此事則另當別論。這像是有人把藏在胸中的、用血描繪成的舊相冊攤開在眼前一樣。

海斗什麼都沒說，陷入了沉默。他應該有察覺到自己說中問題的癥結點。

經過一段靜默，海斗含糊地說起話來。

「篠目幸則，暱稱小幸。今年二十一歲。在《海洋救世主》中扮演海洋紅劍士一角，自十八歲起便活躍於動作演員圈。但在拍攝事故中造成阿基里斯腱斷裂，便退出了演藝圈。事故是和同劇演員在無替身的狀態下練習時發生的。」

「夠了。我知道了，夠了。」

海斗停了下來。在排練場上，他總能如魚得水，或如虎添翼般自在地暢所欲言，但一來到像是居酒屋等外面的世界，海斗瞬間就變得沉默寡言，只會低聲說話。對於現在的勝而言，這份木訥讓他莫名地感到安慰。

「……你這是在心理分析嗎？」

「就是這樣。」

「什麼『就是這樣』。」

「我說過了，我什麼都知道。」

「……那你知道我為什麼跑出來嗎？」

「大概知道。」

「……但你沒有說出來。」

「我要是你，我也不想被說出來。」

勝笑了。他原本想回海斗「你這樣根本是在說『所以你就自己說出來吧』」，但總覺得海斗也料到這點，這讓他有點不悅。

畢竟眼前這個人，可是描寫出人性極致醜陋的《門》的作者，無論他說什麼，海斗似乎都會說「這我都知道」，或是說「我要把這用作戲劇的素材」。

勝開口了。

「……就像你知道的。奪走小幸演藝生涯的人就是我。我們兩個人當時正在練習。導演提議不用替身就可以露臉，於是我們就一起練習了，雖然地方有點窄，但我們還是試了一下。我踢，他接招。」

「然後篠目跌倒，事故發生了。也就是說，這是你們兩個人都同意的練習。我看了記錄，確實有給出保險賠償。這為什麼會是你的錯？」

「這就是我的錯！」

「因為沒有完全恢復？」

「你不明白！這就是我的錯！是我問小幸要不要練習的。」

「雖然篠目幸則當時未成年，但已經不是需要監護人做決策的年紀了。他可以靠自己決策。你們都是演員，為了呈現給觀眾最好的表演而努力。這裡沒有過失。從客觀上看，這不是你的責任。」

「你就是因為說話方式像電腦一樣才會被欺負吧！你這傢伙！」

這句話像刀子一樣刺向海斗。

勝驚愕了一會兒後，從長椅上站起來。接著跪在地上，低下頭。

勝以標準的土下座姿勢，額頭貼在海斗的腳邊。

「對不起。」

「你在做什麼，勝？」

「對不起。剛剛說的話很過分。真的很對不起。」

「這樣不衛生。站起來。」

「……『不衛生』是指？」

「快起來啦。」

海斗拉起勝放在地上的手，讓他站起身。接著面無表情地遞出勝放在長椅上的劇本。

「我被欺負的原因應該有很多。但這跟你現在的態度毫無關係，而且你的演技太差了。要演的話去排練場裡演。」

「我不是在演戲！剛才是真心的。」

「我知道。」

海斗的聲音如清流之水。

冷卻了他那顆炙熱、幾乎要炸裂的心臟，這道輕柔地給予安慰的嗓音，讓勝瞪圓了雙眼。

戴著眼鏡的劇作家用沉穩的眼神看著勝。

「你不是會展現這種演技的男人吧。」

「……」

勝陷入沉默。然後，他像一位著名卻從未見過或讀過的戲劇主角般，再次坐回長椅並整理鞋子。而這次，他的右腳拇指總算回到鞋子裡正常的位置，狂跳的心臟也稍微平靜下來。一猜想此刻排練場的情景，勝就感到腦海一片空白，但他也認為必須趁現在把話說清楚，而後者的想法占了上風。

勝開口了。

「……住院期間我沒去探望過他。因為覺得沒臉見他。出院後，小幸拄著拐杖來到事務所，笑著對我說『要成大業啊』。儘管我做了無法挽回的事，他還是笑著說『連同我的份加油吧』。畢竟他也只能這樣說了。因為知道就算抱怨也無濟於事，換作是我，應該也只能說出那種話。直到死之前，我都想向小幸謝罪，但小幸說他不希望這樣，所以，所以……」

勝覺得自己像是在挑戰研習。實際上也確實如此。研習就是表達自己內心所想的訓練。而勝現在所做的事正是如此。先不論到底該不該把這件事表達出來。

或許是訓練有成吧？話語不斷脫口而出。

「之後過了一段時間，我開始沒辦法接有武打場面的戲。我很害怕。只要看著和我對戲的演員，就會想起小幸，腦子一片空白。所以我請事務所不要幫我接這類的工作。但之後，即使是沒有武打戲的工作，我也會因為想起小幸而忘詞。短劇是沒問題，所以我能接真實事件改編類的編劇，服裝模特兒的工作也可以……但像這次的工作……」

勝打起了自己的膝蓋，一次又一次，不斷地捶打，

「我必須『成大業』才行。我答應過小幸的。但這樣下去，我連工作都沒法繼續。我好厭倦這樣的自己，真的好厭倦。但是，身體和腦子不聽使喚……我……」

勝最後淚流滿面地說道：

「……有時候我……真的不知道該怎麼做才好。」

海斗靜靜聽著勝的話。

過了大約三秒，海斗開口了。

「讓我確認一件事。」

「……什麼？要我退出嗎？」

「你都這麼痛苦了，為什麼還想繼續演技相關的工作？是為了贖罪嗎？還是有其他理由？」

海斗的聲音像刀刃般銳利。勝覺得自己像是站在審判者面前。

為了什麼。

自己是為了什麼而繼續演藝相關的工作呢？

是為了那句「要成大業」嗎？還是……

還是說，有什麼其他的。

其他的原因？

在勝心中來回浮現的，是接了「百」一角之後的事，以及學生時代的事。

「……我想成為演員。應該說，我曾經想成為演員。」

「你已經是了啊。那只是個過程。」

「我知道，繼續聽下去就對了。」

海斗做了個拉上拉鍊的手勢，閉上了嘴。勝微微一笑，開口說道：

「我之所以想成為演員……是因為小時候看的一個電視節目。」

「《病床騎士德拉古恩》？」

「……你還真的什麼都知道啊。」

「在網路雜誌訪談裡說的吧？我讀過就不會忘。」

「嗯，就是那個。我小時候身體不太好。每週打開電視，就會看到住院的孩子變身成戴著龍頭盔的英雄德拉古恩，與擬人化的病魔怪人戰鬥並取得勝利。解除變身後，孩子又得回到醫院……這讓我很難過。而且，德拉古恩明明是名英雄，最後卻死了……」

「我知道。據說有大量投訴信寄到電視臺，抱怨兒童節目裡的英雄最後竟然死了。」

「沒錯。但是，之後呢？你知道發生了什麼嗎？」

「……不，不知道。」

「這樣啊。」勝說完後點點頭，微笑著繼續說道：

「扮演德拉古恩的主演岡村慎二先生，在事務所的部落格上發表了一則貼文。當時他明明才十四歲左右，文字卻非常成熟。『謝謝大家關心我那親愛的朋友德拉古恩。德拉古恩目前仍在天堂繼續戰鬥。雖然他已經消失在大家的視線中，但還是請各位繼續支持仍在戰鬥的他』。」

「你記得真清楚。」

「我可不想被某個做心理分析的人這樣說。」

勝丟出了一個小玩笑，憶起過往，露出了苦笑。

「但是……當時我還很小，不太明白演員的意思。所以就一直問爸媽『這是什麼意思？』，問到他們不耐煩，最後他們說『去寫封粉絲信給他吧』。」

「你寫了嗎？」

「寫了喔。不過，說是粉絲信，更像是問卷表單。」

勝露出苦澀的笑容，撓了撓鼻子。

二藤勝寫給德拉古恩的信順利送到了岡村慎二的事務所，因為在寄出的兩個月後，他收到了回信。

「『你好，小勝。謝謝你支持德拉古恩。這一年來我一直是德拉古恩的朋友，所以我和你一樣對他的離開感到難過。但請不要忘記他堅毅的英姿。我永遠不會忘記他。岡村慎二』。這可是親筆手寫的，不是事務所的印刷品。」

「你真的記得很清楚。」

「讀過一百次以上誰都會記住。收到信的時候，我先是嚇了一跳，之後就哭了。我很開心有人像我一樣重視德拉古恩。原來不是只有我一個人在難過。但不僅僅是這樣……」

勝繼續說道：

「十年後，快從國中畢業時，我發現了很驚人的事。」

「『驚人的事』是？」

勝點點頭。

「他全都回信了。岡村慎二先生，回信給所有寫信給德拉古恩的孩子們，他本人親自手寫喔。寫了幾百幾千封。」

「你怎麼知道的？」

「電視節目特輯。《那個人現在過得如何？岡村慎二特輯》。」

電視紀錄片聚焦於岡村慎二首次亮相的作品《病床騎士德拉古恩》，特輯介紹岡村當時有多忙，以及他回覆大量粉絲信的情況。岡村慎二回覆的不僅是德拉古恩的觀眾信件，他之後收到的所有信件也都是親筆回覆。岡村先生將活動範圍從電視圈轉移到小舞臺，雖然不像以前一樣擔任主角，但一直在當演員。節目對他進行了採訪，問他『為什麼要做到這種程度？』。」

「這是指回信嗎？」

「應該也有指那個，但我覺得那句話同時也有『為什麼會繼續當演員？』的意思。」

距德拉古恩的形象已過了十年，成長後的岡村慎二如此答道：

「『因為我愛他們』。」

勝繼續說，而海斗則靜靜傾聽。

「『因為愛著每個成為我特別朋友的存在』——他的意思是『愛著自己演過的所有角色』，還有下文。『只要我還是演員，曾經感受過他們的存在、支持過他們的人，都一定不會忘記他們。我不認為自己是多了不起的演員。哪怕只有幾位，只要還有人記得我這些特別的朋友，我就想繼續當演員』。」

「……真是奇特的回答啊。」

「嗯。現在想想或許是這樣沒錯。」

勝也理解海斗的意思。因為大部分的演員都會希望大家能喜歡他們未來的角色，否則無法成就往後的演員生涯。

然而岡村慎二的話語，與其說沒有前瞻性。

更像是純粹想向那些喜愛他演過的角色的人們致意。

當他被問到回覆數千封粉絲信件的理由時，岡村慎二也給出了同樣的回答。

「當時，我覺得自己好像有點理解，為什麼會有演員的存在……為什麼會需要這些人……」

——意識到這該是多厲害且珍貴的存在。

勝如此繼續說道，海斗靜靜聽著。

「因為人們會期盼。即使那些人不存在，但只要有『要是有那種人就好了』的想法，那個『朋友』就會真實出現在心中。而演員能夠在螢幕上或舞臺上，短暫地將這些存在變成現實。人們的心願、想法、未實現的夢，只要成為演員就能化為這些無形的事物。我是這麼想的。這是很了不起的事。我真的覺得很棒。我想活在這樣的世界裡。現在也是這樣想……說太多了，對不起。」

勝吸了一下鼻子，重新轉向海斗。

看著直視自己的海斗，勝也回以同樣的眼神。

「我不是為了那句『要成大業』而待在這裡。我想作為演員而活著。這份心情至今未變。所以我在這裡。」

海斗沉默了一會兒，勝知道他在消化這些話。那副不曾在排練場裡露出的柔和表情讓勝有些不知所措。

海斗低聲回應了勝的話語。

「我明白了。」

「……」

勝緊咬住嘴唇，現在這個情況就算突然被告知「你被解雇了」也不奇怪。在他做好心理準備時，海斗再次開口了。

「剛才的話。」

「什麼？」

「『有時候真的不知道該怎麼做才好』。其實我也一樣，總是這樣。我也完全不知道該怎麼辦。」

「……不，這不可能吧。你是導演啊。」

「表演計畫是有的。但『該怎麼做才好？』是個更宏大的問題。首先『好』是什麼。同樣的情況下，如果要用英文來表達，可能會說『What can I do?』，這是『我能做什麼？』的意思。和日語的『該怎麼辦才好？』的語感不同。是說，決定『好』的是誰？勝。」

「……」

「是誰？」

「……未來的我……吧。」

「那要怎麼向未來的你提問？要怎麼確認成敗？」

「那種事不可能辦得到吧？」

「沒錯。你正在為無法解決的問題煩惱。這是浪費時間。不是『該怎麼辦才好？』而是『What can I do?』。去思考『我能做什麼？』吧，答案只存在於能力所及的範圍內。」

清流變成激流，勝的心臟幾乎要被沖走。為了不被沖走，他在內心死命地抓住自己卻也無濟於事。海斗的話將他拉回現實。只是輕柔地，像切換「百」跟「勝」時一樣，毫無聲響。

勝嘆了口氣，往左右臉各打了一個耳光，這是他高中劍道部時期提振精神的方法。似乎是被這舉動嚇到，海斗下意識稍微退開了一些距離，這反應讓勝覺得有點有趣。

「怎、怎麼了？」

「提振精神。謝謝你，海斗。我馬上回排練場。」

「……太好了。如果你真的打算直接搭公車走，我也會跟著你走的。」

「不、不會啦。」

「排練已經交給佐藤小姐了，大致上沒問題。」

佐藤副導演午餐前總會吃胃藥。做出讓胃本就不好的她更加操心的事，雖然為時已晚，但勝還是感到十分懊悔。

「我跑著回去。」

「我去便利店買點果汁，現在應該是請點飲品的好時機吧？」

「……海斗，真的很抱歉，謝謝你。」

「好了，去演戲吧。」

「好。」

勝緊握劇本，朝來時之路跑回去。

而身後，拿著相機的人也朝排練場方向離開了。

＊　＊　＊

「……這是怎麼回事。」

隔天排練場一片混亂。

帶來體育報紙的是和輪島關係要好的環境演員神崎。據說是在車站報攤看到的。頭條是活躍於大聯盟的棒球選手資訊，而背面則是娛樂資訊。

在電視節目表附近，有篇引人注目的報導，報導中「鏡谷海斗」的名字以巨大的黑字體出現了。

「『鏡谷海斗（24），報復高中時期的霸凌?!強迫二藤勝（24）在公路上下跪』。」

「是『下跪嗎』啦，最後有個『嗎』字。」

「那字小得根本看不到啊！」

與怒火中燒的環境演員東形成對照，海斗表情十分冷靜。

海斗在排練場時手機總是關機。勝用冷靜下來的頭腦思索，現在要是開機，將會傳來多大的騷動聲。而勝現在也把手機關機了。因為當他緊急告知經紀人報導上的內容後，就照著立刻傳來的「請關機」的指示動作了。聯絡將透過佐藤副導演轉達。

報導內容記錄了昨天勝和海斗在公車站的對話，並故意扭曲了事實。

記者說，鏡谷海斗高中時曾遭受霸凌，而這次是為了報復二藤勝才這樣選角。相關人士爆料的內容裡，一位自稱「某演藝經紀公司人士」指出「本來不該由二藤勝主演的，但鏡谷海斗執意要選他，我早就覺得奇怪了」。

並說鏡谷海斗對二藤勝的「刁難」超出常理，強迫二藤勝每天最早來排練，並讓他最晚回家。

「田山先生呢？」

「剛剛有聯絡說會遲到。」

「輪島先生也是？」

「沒有，沒收到輪島先生的聯絡。」

神情緊張的佐藤副導演像機器人般不停確認右手裡的手機時，排練場的門開了。

「……」

輪島現身了。

似乎是徹夜未眠，他眼下有很深的黑眼圈，步伐不穩得宛如電影裡的喪屍。要說是因為打工太累，這種狀態也太不正常了。

當所有人目光集中到他身上的瞬間，輪島面露驚慌。

「哐」的一聲，排練場裡有人站起身。

「嘿，我有話要說。」

悠然站起身的人，是天王寺。輪島一時有些驚訝，呆站在原地。

天王寺露出和煦的微笑，向輪島問道：

「昨天，海斗跟在勝的後面追出去後，你說『我去趟便利店』，然後離開了好一段時間。那時你買了什麼？」

「……為什麼現在，突然、問這個……」

「就突然好奇。」

天王寺散發的氛圍並不是「爬蟲系男子」，而是準備要吞食獵物的眼鏡蛇。而輪島則像是懼怕被吞噬的老鼠般，縮緊身子。

經過十秒左右的沉默，輪島跪倒在排練場上。

「對不起，我沒想到事情會變成這樣。我以為會很有趣，要是造成話題就能替戲宣傳。」

「拿錢了嗎？」

「拿了，對不起，拿了。」

「真不錯呢，賺到了零用錢。」

「真的對不起。」

「……所以，輪島偷偷跟上勝跟海斗後，躲起來偷拍了那張照片，然後賣給體育報紙是嗎？」

佐藤副導演的悲痛話語，道出了大家的想法。

輪島像昨天的勝一樣跪在地上低著頭，邊哭邊道歉。面露厭煩的天王寺轉過身，坐到仍陷入茫然的勝身旁，摟住他的肩膀。

「沒事吧？」

「……嗯。」

「小勝也太不小心了。經紀人沒提醒過你，在公眾場合突然下跪會引起轟動嗎？」

「沒、沒被提醒過……」

「也對，平常沒事也不會下跪吧。」

「只有照片被賣已經是不幸中的大幸。賣出去的要是影片，傳播力應該是倍數以上吧。」

那彷彿在談論他人之事般的冷靜話語，正是出自鏡谷海斗。

排練場裡，沒人向海斗提出任何疑問。

完全沒有。

關於高中時期的霸凌狀況，體育報紙也做了詳細報導。被關在廁所隔間，從上方被潑水；在更換體育服時貼身衣物遭竊，被迫半裸在學校走動的事也都報導了。勝知道這些全是真的。一定是當時和勝處於相同狀況的某人，事先把情報賣給了體育報紙。但名人曾遭霸凌的故事並不夠吸引人。

而這次勝的下跪事件，讓這個故事「鮮明」了起來。

天王寺從勝旁邊起身，正面看向海斗。別說是摟肩了，他甚至沒打算靠近海斗，這份態度讓勝見識到天王寺的真誠，天王寺似乎早已摸透什麼樣的行為對對方來說最能帶來安慰。

「今天的排練要怎麼辦呢?海斗先生。」

「按計畫進行。先複習第一幕十一場，接著進入第二幕排練。」

「我們的『神猿大王』今天有辦法進現場嗎?」

隨著天王寺語帶調侃的推測，一名女子跑進了排練場。她是在一樓製作服裝的工作人員。

負責幕後的她，宛如演員般大聲喊道：

「鏡谷先生，不好了！記者們發現我們在這個排練場練習了。一樓作業區前面的停車場都是記者跟一些看熱鬧的人。」

勝覺得自己那一片空白的腦袋，又被潑上白漆。海斗跟勝持續陷入茫然的狀態，而輪島則依舊在哭。唯一有做出反應的是佐藤副導演。

「哪家記者？」

「不知道。不止十人。人數還要更多。」

「……製作人呢？」

「昨天有告知，說老家那邊有喪事……」

最壞的時機迎來了強襲。

勝在完全無法思考的狀態下，搖搖晃晃站了起來。

「……我來。」

「你打算處理？別去吧，小勝。那些人可是擅長挖出自己想寫的東西的專家。他們會隨意捏造從未說過的話。」

「但這都是我的錯。如果我不在那種地方做那種事的話……」

「勝。」

聽見名字被呼喊，勝轉過頭去。

和往常一樣，海斗坐在排練場中央的摺疊椅上，目光看向勝。

「你忘了嗎？昨天談過的事。」

「……」

「不是『該怎麼做才好？』，而是『What can I do?』」

「……What can I do?」

「你現在什麼都不用做。我會去處理。」

片刻靜默後，排練場裡傳來了「不要」、「不行」、「那種事」、「不可以」等怒吼聲。

面對這些聲音，鏡谷海斗正面接受卻也不多做回應，只是點了點頭，重申同樣的話。

「我會去處理。必須解釋清楚。」

「會被當成玩具的。」

「劇作家打從一開始不就是觀眾的玩具嗎？」

天王寺的語氣尖銳，而海斗的聲音更為冷漠。

勝站起來時，海斗什麼也沒說，只是伸出手掌。

「不行。」

「我也要去。」

「不准來。」

「一起去吧。」

「不行。你最好不要在場。」

「但這個！」

「你要是覺得這是你的錯，那就在這裡專心練習。你昨天已經因為無聊的事浪費了時間。這齣戲的主角是你。怎麼能被周圍的噪音分心？去專注在我的劇本上。」

「真的要去嗎！」

——你難道要去讓他們追根究底地問高中時期的事嗎？

勝用眼神如此詢問，海斗面露一絲困惑，隨後做出微妙的表情，看起來像是在努力微笑。

「……我早就知道會有這一天。」

海斗走過跪倒在地的輪島身旁，離開了排練場。即便佐藤副導演大喊著「不要去」，但排練場中的人們都沒有動彈，似乎明白阻止也無濟於事。

天王寺從後方抓住想追上前的勝的衣服。

「放開我！」

「小勝，冷靜下來。你和海斗一起出去是最糟糕的選擇。」

「為什麼？」

「報紙上寫你和海斗之間有從過去延續下來的恩怨。如果你們並排站着，又各自愁眉苦臉的樣子被拍下來，會讓那個故事更有說服力。」

「那、那我們搭肩站在一起！」

「要是被問『這也是海斗強迫安排的嗎』怎麼辦？」

排練場內傳來啜泣的聲音。

在排練場的深處，橫放的高臺旁，響正蹲在那裡哭泣。

勝急忙跑向響，緊緊抱住那小小的身體。

「響，嚇到了吧？對不起，這都是我的錯。」

「……為什麼會變成這樣呢？海斗先生根本沒有欺負勝先生，絕對沒有。」

「沒錯，海斗什麼壞事都沒有做。」

「……海斗先生，以前被欺負過嗎？」

面對響的提問，勝忘了該怎麼回答。

響在得到回答前又繼續說話了。

「我也被欺負過。二年級時，我接了一個廣告工作，因為跟學校請了很多次假，班上同學都開始討厭我。我完全不明白為什麼會這樣。但他們就是不喜歡我，沒有人和我說話。那段時間真的好痛苦、好痛苦，最後我只能拜託媽媽讓我轉學。但……到了轉學的學校，我沒辦法說『是在之前的學校被欺負才轉過來』，這種話完全說不出口……」

響的聲音雖然很小，卻清楚地迴盪在寂靜的排練場裡。

帶著嗚咽聲，這位小小的演員斷斷續續地說著。

「……為什麼要把這些事情寫在報紙上？太過分了。我很想對記者們發火。如果是我，要是這種事被寫在報紙上，真的會想去死。這種做法真的很糟糕。我也想和勝先生一起去對他們發火。想告訴大家，海斗先生是個非常溫柔的人。他教了我很多演技的事，給我糖果，幫我看作業……我想大聲說『不要做這麼過分的事情』。然後，然後……」

「嗯，嗯。」

勝用力抱緊響那哭到無力的身軀。響的身高是一百四十三公分，只到身高一百八十五公分的勝的腰部或稍高一點的位置。連這麼小的孩子都能明白的道理，一旦為了錢和工作，人們似乎就會變得無法分辨，人類似乎就是這種生物。雖然有「別做讓人討厭的事」這種訓誡，但當讓人討厭的事情能賺錢，能滿足那些愛看熱鬧或無聊的人時，這些訓誡就會被拋諸腦後。

心中有個人正在吶喊，這樣是不對的！

勝擁有的，另一個頻道的主人「百」，此刻正淚流滿面地叫喊著。

——請幫幫海斗，請幫幫我的父親。

如果有人呼救，那麼勝要做的事只有一件。

勝站起來，輕輕鬆開響的身體，把他安置在排練場的椅子上。

「我，還是要去。」

「小勝。」

「沒事的，我有個想法。」

「二藤先生，拜託你待在這裡。你經紀人會罵我的。」

「佐藤小姐，我保證不會讓這種事發生。」

「首先，你就算去了，你打算怎麼做？」

就在這時，傳來一道「嘎吱」聲響。

大家的目光轉向之處，站著一位滿臉通紅的老演員。

「到底是怎麼回事，樓下那麼吵？」

勝腦中浮現一計，就在他和那微微駝背的演員目光相對時，靈光乍現。

當海斗出現在停車場時，無數閃光燈亮起。當海斗一遮住臉，更猛烈的光芒隨即炸裂開來。

「鏡谷先生！」

「鏡谷先生！二藤先生在嗎？」

「鏡谷先生，你會對下跪事件道歉嗎？」

「鏡谷海斗先生！」

「蒲田海斗先生！」

海斗一言不發地注視記者們的臉。那些興奮如動物般的面孔從海斗內心掠過，未能激起任何波瀾。當他開始思考人們為什麼總喜歡像這樣群起圍攻，把落單的人當成獵物時，往事便在腦海中閃過。

海斗無視記者們的所有提問，用腹部的力量深吸一口氣。

接著如吼叫般大聲說道：

「只有一點，我必須先說明清楚！」

人群安靜下來。

在壓抑的氣氛中，海斗提高了音量。

「二藤勝沒有欺負我。」

人群持續安靜著。

海斗接著說道：

「高中時期，我確實遭受過霸凌。但勝從未參與其中。這是無中生有的誹謗，是對一位和我共事的優秀演員的無端中傷。我必須澄清這一點。」

寂靜只持續了一、兩秒。怒號般的提問再次襲向海斗。

「才怪，不可能吧。」

「那下跪該怎麼解釋？你沒有要辯解的嗎？」

「那已經是過去的陋習了，你是不是認為劇作家能隨心所欲地想做什麼就做什麼？」

「二藤勝的粉絲在網上發表了過激言論，你看到了嗎？打算起訴嗎？」

根本沒打算讓他好好回答的問題接連而來，海斗正面迎接，聽而不聞。他就像急流中央的一塊岩石，任由激流拍打臉龐，不動聲色地佇立在原地。

「鏡谷海斗先生！」

「蒲田海斗先生！」

正當他開始覺得，那些喊著自己名字的喚聲聽起來像是從遠方傳來之際……

「啊，鏡谷海斗！鏡谷啊，海斗啊！」

「噔噔噔」、「噔噔噔」——傳來了太鼓聲。

海斗愣住了，注意到聲響的記者們稍微鬆懈了包圍圈，這時，他們來了。

臉上塗滿白粉的田山紺戶、天王寺司以及二藤勝，來了。

他們身穿一看就知道是用圖畫紙和膠帶製成的水藍色裃[4]。眼眶像歌舞伎演員一樣用黑紅兩色勾勒出誇張輪廓。敲著小鼓的是童星響，他臉上也塗了白粉。他們宛如被操

4　裃：日本武士的傳統禮服，由肩衣與袴組合成的上下套裝。

弄的淨瑠璃木偶[5]般，踩著緩慢步伐走向人群。

注意到這一群人的記者們，鬆開對海斗的包圍，將手機和相機轉向這奇怪的隊伍。

「伊呀哎呀——尊敬的各位，感謝大家蒞臨《百夜之夢》的實技展示會現場。」

「感謝大家的蒞臨——！」

天王寺和田山附和著勝的話語，而響則是「噔噔噔噔」地猛烈敲擊太鼓。

記者們被這突如其來的情況嚇得啞口無言。

為了保護不了解狀況的海斗，這群像街頭藝人的一行人逐漸靠近記者們。

率先開口的人是田山。

「呀——此乃鏡谷海斗率領的《百夜之夢》一行。感謝大家光臨我們舞臺的展示會。在下田山紺戶，獲『神猿大王』一角，我乃一介演員。」

天王寺接著說：

「在下天王寺司，獲『流浪武士・我愉原』一角，我乃一介不起眼的演員。」

接下來是響。

「在——下——雨宮響——，獲『稚兒・森若』一角，我乃一介年少演員。」

那宛如在唱聲樂的高亢音色，引起人群的笑聲，響也應聲「噔噔噔」地敲擊太鼓。

5 淨瑠璃木偶：為日本傳統戲曲——木偶淨瑠璃文樂的表演元素之一，由木偶、太夫與三味線三元素結合演出，是從江戶時期就開始流傳的悠久藝能。

最後輪到勝。所有記者的眼裡都閃爍著光芒。

「能拜見各位的尊容，在下倍感喜悅，在下乃二藤勝，鏡谷海斗授予我『百』一角，乃一介闖蕩江湖的動作演員。在下與鏡谷海斗的緣分，可追溯至東京都立中川高中時期，真是塞翁失馬，焉知非福，今能在這片新天地再度相遇，實在是榮幸、榮幸。」

「二藤先生，你真的欺負過鏡谷先生嗎？」

「客官，在此，還請您以觀看歌舞伎表演時的喝采聲來呼喊。比如這樣——二藤屋！」

田山紺戸那猶如鬥牛犬的吼叫聲，壓制了不合時宜的問題。

記者們受驚嚇發出一聲悲鳴後往後退了一步，勝則立刻向前站到記者們面前。

「在本次承襲『百』之名的襲名披露中，在下二藤勝想說的只有一件事。這個遠遠超過我能力的重任、雙肩將承擔的命運，還有與我共同前行的演員伙伴們，尤其是鏡谷海斗，正因為他賜予這份恩情，才能實現這一切。這個重任、這份恩情，我會傾盡全力投入，希望多少能回報各位觀眾的厚愛，將為此全力以赴！」

「二藤屋」、「二藤屋」的吆喝聲從田山和天王寺兩人口中傳出。

勝瞄準時機，雙膝觸地，端直正坐。

「鏡谷海斗的新作《百夜之夢》，將於今年十月開演，我們保證這將是部精彩的戲劇作品。盼各位能衷心地、衷——心地支持，還請多——多指教。」

接著，勝在記者以及圍觀路人面前高舉雙手，誇張地將身體往後仰。彷彿重重往前摔倒在地般下跪了。

閃光燈的聲響如風暴般不間斷。

隨著呼喊「二藤屋」、「二藤屋」的喊聲，響「噔噔噔噔」地用力敲打著太鼓。在如掌聲般的太鼓聲帶領下，圍觀人群中傳來了拍手聲。那些喊著「二藤先生——」、「二藤先生——」的年輕女性，似乎是一般粉絲，而非要求採訪的記者。

「噔噔」、「噔噔」，隨著太鼓聲節奏的變換，勝緩緩抬起頭後，再次深深低下頭。閃光燈再次亮起。勝慢慢站起身來，低著頭往後退了。從樓梯上跑下來的工作人員，像是發放賀禮般，向所有來到現場的記者發放了《百夜之夢》的傳單。

勝、天王寺、田山和響一接到鏡谷海斗後，便隨著太鼓聲悠然上樓，朝排練場的方向離去了。

「啊，壽命都變短了！」

勝倒在排練場地板上。男性化妝師立刻走上前，將毛巾放在他的臉上，急忙擦去剛剛塗上的白粉。

「……你到底在幹什麼？」

海斗維持著呆愣的神情如此問道。

勝則笑著回答道：

「這是『襲名披露』。聽說歌舞伎中，定期會有什麼幾代目襲名披露的活動。」

「剛剛的臺詞是梨園出身的田山大哥想出來的喔！鏡谷先生。」

天王寺以輕鬆的語氣對著面色青白的海斗微笑道。海斗不悅地看了天王寺一眼，天王寺則露出帶有趣味的笑容。

「唉呦，真是讓人冷汗直流。勝，你臺詞背得真好。」

「最後的部分，我就即興發揮了，因為忘詞了……」

排練場處散落著影印紙，上面滿是田山的字跡，只有「襲名披露」四個字勉強能看懂，其他則像蚯蚓爬過留下的痕跡般潦草。旁邊也有勝的「手稿」痕。

「……為什麼？」

勝直視著低語的海斗，那是道堅定的眼神。

「起因不就是我在路邊下跪嗎？因為我不常下跪，所以才成了新聞。所以我想讓人們覺得『那是不是在練習什麼呢？』我是演員嘛，要是能讓大家覺得我只是在路邊排練的話，事情或許就能這樣過去了。」

「……」

「啊，臉上的粉和時代劇風的服裝，都是工作人員幫忙準備的。他們真的很厲害，像運動會的競技項目那樣，很快就搞定了。」

「……畢竟大家都是很能幹的人。」

「大家都很喜歡海斗啊。」

「啊？」

「『啊？』什麼？」

勝站起來，緊緊抱住海斗。勝雙手用力環抱住海斗那嚇得僵硬的背。

「……我還在想你在樓下說什麼，你為什麼不說『我沒有欺負他』。最重要的不是『勝沒有欺負我』這種事，這一點也不重要啊。真是的……你到底是怎樣？我真的嚇死了。到底在幹嘛……」

「這是重要的事吧？」

「我說的是優先順序啊！」

「我並沒有錯。」

勝再次緊抱住莫名固執起來的海斗，拍拍他的背後鬆開了手。

像是算好時機般，排練場來了一位女性工作人員，告知他們已經與製作人取得聯繫，目前正在處理相關事宜，追到排練場的記者們也已經離開了。

海斗簡短說了句「這樣啊」後，若無其事地吸了吸鼻子。

「……給大家添麻煩了。那麼，我們繼續排練吧。」

「連句謝謝都沒有嗎？」

田山紺戶的聲音充滿了調侃。就連勝也明白，田山並不是真的想被道謝。畢竟勝提議「不然我下去做個下跪練習就回來」後，覺得光是這樣不具說服力，提出「襲名披露」計畫的人正是他。

儘管田山經常請假，但給他看了報紙，掌握到新聞內容是海斗在排練場霸凌勝後，田山發出像打噴嚏般的大笑聲。

「在我那個年代，導演可是會朝不喜歡的演員丟菸灰缸呢！就算這樣，也從來沒有人說那是『霸凌』。要是連指導都不能接受，那演員就完蛋了。」

就在天王寺小小吐槽「那都是幾十年前的事了吧」時，田山猛然撰寫起襲名披露的稿子，勝則在他寫完前就開始抄寫並背誦。在這段時間內，天王寺請在一樓陷入混亂的工作人員們準備裃和彩妝，響則敲打著閒置在排練場地上的太鼓，獨自下定決心。

所有橋段不到十五分鐘就完成了。

勝在這十五分鐘，感受到戲劇參與人員的靈魂光輝——自豪感。

喚起這份情感的，別無他人，正是海斗。

而那個人選擇自己擔任主角，讓勝再次覺得這是無比珍貴的事。

海斗轉向田山，擺出一種似嗔似羞的複雜表情後，用力拉起褲子的膝蓋處。

接著雙膝跪地，在排練場上磕頭。

「謝謝！」

「喂喂！」

「多虧各位，戲劇才沒被毀掉。真的非常感謝！」

海斗的聲音很大，響徹整座排練場。

經過整整三秒鐘的磕頭後，海斗若無其事地站起身，拍了拍膝蓋和額頭。

「……我也去跟工作人員說聲謝謝。」

「我也要去。」

「不用，你給我在這裡讀劇本。」

海斗準備朝一樓的工作區域走去。

在那之前，他留意到坐在排練場外面走廊的人，此時排練場傳來一道喊聲。

「輪島！」

身為環境演員的輪島，像四腳獸一樣爬進排練場，坐在門檻旁，聲音微弱地道歉。

「……非常抱歉。竟然造成這樣的騷動……」

接著低頭謝罪了。正當勝在一旁悠閒地思考著，昨天和今天總共出現幾次下跪時……

「什麼『非常抱歉』啊，輪島先生！」

「啪」的一聲響起，是排練場的牆被敲響聲音。

而發出怒聲的，是同為環境演員、和輪島交情應該算不錯的神崎。

「……這就是為什麼劇組的人都會說『輪島雖然身段靈活，但不可靠』或者『不夠認真』的原因。輪島先生也是，你明明在小酒館總說著『即使薪水低，只要認真工作就會有好結果』，你到底在幹麻！搞不懂欸！為什麼要偷拍跟賣照片？莫名其妙！明明是以信用為重的工作，你這樣將來不會有人再找你工作！靠賣醜聞賺來的錢根本不夠塞牙縫吧！你之後要怎麼辦！」

抬起頭的輪島露出如破抹布般的神情，哭腫的雙眼變得通紅，睫毛和眉毛朝奇怪的方向翹起。臉色既蒼白又泛紅，就像苦於嚴重宿醉的人。

氣勢洶洶的神崎面前，有個人快速走上前。

別無他人，正是海斗。

「輪島。」

被叫到名字的輪島嚇得背部一顫。像是害怕被踢的狗般，蜷縮著身體再次低下頭。

海斗不以為意，繼續說道：

「我要更改計畫。比起讓你擔任環境演員，把你改成準配角應該會更有趣。雖然有很多場景是要你作為百的手下參戰，但最後會讓你叛變去我愉原的陣營。出場戲份不會變，但想請你演出其中的掙扎。」

「……沒有要開除我嗎？」

「怎麼會。我已經發現到你有趣的一面，我要讓這份趣味豐富舞臺劇。」

看著呆滯的輪島，天王寺諷刺地笑了笑。

「原來還能這樣處理呢。比起被丟菸灰缸，可能更辛苦。」

「演戲當然辛苦。但每個人的演技深度是有限的。我原本以為輪島想做的是簡單演技，但他其實能做到更有深度的東西。演出團隊中能有這樣的人才真是幸運。請務必試試看。」

勝不敢相信海斗所說的話。輪島似乎也是如此，他的眼睛不安地四處轉動。

「……非常抱歉。」

「要跟我道歉的話，也得跟勝道歉。還有，之後的排練，只要再遲到一次，一切就此結束。既然都更改演出計畫了，你以後要更努力才行。」

「明白了。」

聽到輪島的回應後，海斗默默朝一樓走去。彷彿力氣被抽空了，輪島從低頭謝罪的姿勢，轉為趴倒在排練場上，神崎將他從地上抱起，支撐他站起來。

「這種劇組很難得。如果你已經得到教訓，就一起想想怎麼理財吧。我真的很擔心你。總是有多少就花多少，如果錢不夠，就學一下怎麼省錢吧。」

「……神崎，對不起。真的很抱歉。」

「在此之前，有更該道歉的對象吧！」

被神崎扶著站起身，輪島搖搖晃晃地走著。當勝縮短兩人的距離時，輪島再次跪下道歉了。

「……二藤先生，真的非常抱歉。」

「你只要別再做這種事就好。」

「……」

輪島低聲道謝，和神崎一起再次向勝鞠躬。

就在此時，從樓下的工作人員休息室傳來海斗洪亮的嗓音，以及工作人員的騷動聲。一想到不管是樓上還是樓下都有人在下跪，勝感到有點滑稽。

隨後，勝感覺到胸口一陣寒意。

被霸凌的過往不但被媒體揭開，還抹黑自己騷擾從未刁難過的人，最後還落得工作場所被媒體包圍的下場，但他卻面不改色，沒有透露出動搖的模樣。

甚至，他沒有顯露出一絲憤怒。

哪怕是面對輪島這種以短視心態來販售情報的人。

與其說他是個成熟的大人，不如說更像是種奇異的動物。

勝再次感受到蒲田海斗這個男人的深不可測。從高中時期他獨自正面迎擊霸凌的那刻起，海斗就是個膽識如同怪物般的人物。即使到了現在，已經成為大人，那份膽力絲毫未減，甚至在某方面變得更強了。

勝覺得他完全能夠獨自處理一切，擁有如超人般的精神。

而這個男人現在，正將所有精力投入到演劇中。

肯定發生了什麼。勝不禁如此猜想。從高中到今天為止的某個時間點，有個讓海斗決心將一切奉獻給戲劇的關鍵。

這對鏡谷海斗這位劇作家來說，無疑是無可取代的美好特質。

但對「蒲田海斗」這個人來說，這是否真的是一件好事，勝無法做出判斷。

第四章

排練開始至今已過了一週。所有場景的讀劇進行了兩遍，在開臺位，也就是確定何時該站在舞臺的哪個位置，以及要從觀眾的右邊還是左邊退場等橋段，排練進入正式階段後，排練場出現了新成員。

自初次見面會後，首次現身的嬌小男子和其部下們，正是武術指導的專業團隊。

「大家好，我正在經營專門設計武打戲的公司。我是董事長，千條智。千百樂運動[6]的講師或時代劇演員，還請多多指教！」

這位宛如衝浪手般全身晒得黝黑，將漂白至肩膀的頭髮梳成半高髻的千條顯然認識勝。晃啊晃地、大大揮動緊握的手後，武打講師燦爛地笑了。

「海洋藍劍士！」

6 千百樂運動：模擬日本劍道的對決運動，使用充氣或海綿製成的柔軟武器進行模擬劍術對決，相較自由且安全。

「欸？呃……」

「那部作品真是太棒了！在週日早上播放的作品中，像那樣讓演員進行如此正規的動作場面的作品，真是前所未有。在我們圈子裡也很受好評啊。製作成只給小朋友收看的節目，真的是太可惜了。」

「謝謝……」

「不過這次的戲，我會讓你超越海洋藍劍士。我要設計出最強的武打戲，讓大家都說『二藤勝這次的演出最帥！』」

千條接著說「我們一起努力吧」。

當他伸出手時，勝感覺到內心深處有種放鬆溫暖的感覺。

不僅是千條，排練場的大家，都不會給勝「去做那個」、「在幾點前完成這個」等明確的指示。勝雖然有些害怕，意識到自己不再是當初挑戰海洋藍劍士一角的孩子了，但他卻感到開心。最重要的，是他很高興能再度參與自己最愛卻一直敬而遠之的戲劇。

當然，也正因為如此，對於再次正式投入動作戲的恐懼變得更加強烈了。

面對這份恐懼，自己竟從中感受到某種快感，這讓勝感到驚訝。

不是「該怎麼做才好」，而是「我能做什麼」。

他在心裡重複著從海斗那裡學到的話語，漸漸地，勝覺得自己受到了海斗的鼓勵。

沒有正確答案，但總有「能做的事情」。

害怕也沒關係，即使在恐懼中，也有「能做的事情」。

勝不禁覺得，這在某種程度上就像是在述說生活本身。

海斗和千條分別為演員們排定了走位排練和武打動作排練的時間表，兩人分頭嚴厲地指導演員。無論是哪種排練，戲份最多的都是飾演「百」的勝。

勝漸漸領悟，背誦臺詞真的是「最基本」的努力。

排練已經過了一週，還剩下三週的時間。他們必須把目前全力排練的演技、武打戲以及其他所有元素，變成能讓花費八千日圓門票費的觀眾滿意的戲劇作品。必須把這無法重來的舞臺劇做好，而且還是好幾場的舞臺劇。

勝全身心投入到武打戲的練習中。

「往這裡動、像這樣閃」等等的指示，千條都有俐落地示範過一次，對勝來說既容易記住也能輕鬆展現。這跟高中劍道部有個名為「見」的練習一樣，只要透過觀看來記住動作就好。而這個有握把的棒子，據說和實際在舞臺上使用的道具一樣重，或許是配合了勝以往的經驗，這根棒子重量和竹刀幾乎相同。不過……

「我想大家應該都沒有忘記，百他們手中握著的，可都是有生鏽或有損傷的真劍喔！基本上就是鈍器！請想像你們是在揮舞鈍器！」

千條的指點非常合理，勝等人的武打戲中加入了前所未有的『重量感』。如果真的增加刀劍的重量而導致事故，那就得不償失了，所以實際加入的是具有『重量感』的演技。

和其他演員一樣，勝也竭盡全力。

「呀！」

「對！朝這裡再來一擊！」

「嗚喔！」

「很好！往後退步，屁股往後摔！」

「哇！——像這樣嗎？」

「OK！你果然很有天分。」

「那個，『呀』或者『嗚喔』的聲音，臺詞裡沒有。」

「是即興的啊。這部分你可以跟海斗先生商量一下。喊聲能讓動作更有躍動感，我個人覺得不錯。全程都有錄影，他之後應該會確認。」

「如果可以的話，能不能也把影片傳給我？」

「當然，本來就有打算傳給你。你應該想自己練習吧。」

「是的！」

點頭的勝，就這樣一一記住千條設計的武打動作。原本就擅長運動的他，為了挑戰這個舞臺劇，從七月到九月期間集中進行了個人訓練，包括劍道、居合道以及增肌訓練，這些努力也開始見效。

勝很高興自己第一次有了展現努力的機會。

但有時，會無可避免地覺得眼前的人不是千條或其他環境演員，而是小幸，動作也會因此停下。

「怎麼了，勝？」

「……對不起，請再給我一次機會。」

「好！」

然而，碰到這種時刻，勝學會不去掩飾，而是誠實道歉，並繼續練習武打。

讓排練停下的事，就單純視作會使排練暫停的事。

要是拘泥於此並做出自我毀滅般的行為，是最給人添麻煩的。

尤其是之前逃到公車站引起下跪風波之類的事，他再也不想經歷第二次。

千條似乎察覺到了什麼，又或者是他本身是個不拘小節的人，他沒打算深究。

排練從第一幕第一場開始，與流浪武士的戰役和鬥爭，以及與神猿大王之間的戰爭等等，勝把百的行動，一點一滴刻劃進身體裡。輪島和神崎等其他環境演員，自從體育報紙事件後，以發狂般的氣勢投入工作，並全力與勝一起排練。按照千條的方針「要將勝襯托成劇中最帥的人」，他們為了勝毫無保留地運用自己的身體，當劍揮過來時就不斷彈飛跳起，倒地時也表現得生動有力。這或許正是海斗最期望的狀態。

「……」

排練場的氣氛十分良好。扮演神猿大王的田山，自從給予勝「襲名披露」的開場白後，也開始認真參加排練。

按照這樣的狀態，即使只剩三週，應該也能順利完成所有工作吧。

勝曾是這樣想的。

「怎麼了？就這樣結束了嗎？」

「還沒完呢！」

「好，這時我愉原就斜砍下來！百呢，就閃開第一擊——沒事！現在可以慢慢動沒關係！第二擊也閃開——對！然後直接揮刀反擊！」

「太天真了，死老百姓！呃，接著我要揮動右手臂，對吧？」

「沒錯，快速揮動，要看起來很隨意的樣子！然後擊中百的胸口，讓他受傷！」

「嗚啊——！」

「很好很好！百，就這樣後退並蹲下！但不要鬆開手中的刀！」

「混帳……！不能原諒，我絕不會饒了你！」

「哈哈哈哈！儘管試試看！就憑你這傢伙，也想改變我這個男人的命運？」

「……好，卡，就到這裡！很棒，很棒！超帥的！那麼接下來我要去指導其他環境演員，你們兩個休息一下吧。」

「好的，老師。」

「辛苦了。」

當千條走向被當作第二排練場的走廊時，勝和天王寺對視了一眼。勝手拿包裹著柔軟泡棉的練習刀，嬉鬧般地朝天王寺撲了上去。而天王寺則像一名迎戰的相撲選手般，展開身體躲開了勝。

「天王寺先生！你以前有做過什麼運動吧？是什麼呢？」

「小勝，你猜猜看啊。」

「我知道肯定不是劍道。身法完全不一樣。你的步法和體幹都很好……是網球？還是羽毛球？不對，應該是田徑吧？」

「都不對。」

「嗚——真不甘心。」

天王寺的武打才能十分突出。

一開始，勝以為天王寺會被選為反派是因為他在電視劇和電影中很受歡迎，但其實不只是這樣。收放自如的兇狠氣勢，以及他在大河劇中展示的武打戲，才是天王寺的最強的武器。

參加劍道部的勝熟知的，是在長寬約十公尺左右的方形空間中，用竹刀對戰的方法，而天王寺熟知的，是「展現自我魅力的同時，將道具刀操弄得宛如真刀般的對戰方法」，這正是勝應該要掌握的技能。

「……不會是千百樂吧？」

「從來沒試過。」

「告訴我正確答案吧。」

「我擅長的是『深夜道路施工』。」

「欸？」

「並不是運動喔。」

天王寺笑著說「畢竟我打工的資歷很長嘛」。接著若無其事地展示了右臂的肌肉。

「我可是很擅長搭建戶外舞臺鷹架的哦！交給我吧。」

「天王寺先生嗎……？」

「我還有土木施工管理工程師的證書哦！」

「雖然只是二級。」天王寺如此補充道。勝想像著天王寺在路邊施工的模樣。流著汗水，搬運沉重鋼管和木材的天王寺。那過分性感的模樣，讓勝不禁產生周遭的人恐怕無法好好工作的奇妙感概，但他確定天王寺並不是在說笑。

「沒工作的時候，演員就是無業者。所以我做過很多工作。」

「……我家是經營鮮魚店的，要說打工，也只是在那裡幫忙而已……沒什麼特別的。」

「運氣也是實力的一部分。能出生在一個好家庭，小勝很幸運。話說回來，小勝是在鮮魚店打工啊，感覺能拍出寫真呢。」

「穿著圍裙和長靴拍寫真嗎？這樣像是在搞笑耶。」

「真的啦！真的！最近還有『工作中的男人特輯』呢。」

當勝放鬆下來開始笑時，天王寺也跟著笑了。

「你以前沒做過寫真相關的工作嗎？」

「……我之前演的角色是給小孩子看的英雄，所以在合約期間，答應過不接相關的工作。」

「原來如此。之後邀約會變多的！」

「只要工作變多，能替戲劇宣傳的話，要做什麼都會很開心。我現在真的很喜歡自己正在做的事。」

天王寺沉默不語，勝則繼續說道：

「真的非常喜歡。所以現在，我真的很幸福。」

「……那真是太好了。」

「是的！」

「要找到能讓自己說出這種話的事，每個人要花的時間可是大不相同。小勝才二十四歲對吧？很快就找到了，真的是太好了。」

「……天王寺先生，你在演戲的時候，幸福嗎？」

「當然幸福啊，但同時也會感到害怕。」

「害怕什麼呢？」

「會有『我能在這裡待多久呢』的恐懼。」

排練場內，忽然瀰漫起一片沉默。就連正在對臺詞的田山和海斗，也正好安靜了下來。

「天使剛剛飛過了呢。」

「欸？」

「這種時刻，據說叫做『天使飛過』。明明沒有說好，但所有人都同時陷入沉默。」

「……聽起來很美好呢，天使這個說法。」

「小勝就像天使一樣。」

「啊？什麼意思啊？」

「你是為戲劇而生的奇才。還有海斗，在我看來也是這樣。」

天王寺眼神看向遠方，彷彿在眺望著什麼，但當勝疑惑地歪頭時，天王寺又露出那一貫的性感神情，微微一笑。

「不過，我這個大叔還是有大叔的賣點。別嫉妒別眼紅，踏踏實實地走下去吧。」

「才不是呢。立場很明顯該反過來才對吧。我才羨慕天王寺先生呢！」

「將來你會明白的。對了，差不多該叫我『司先生』了。」

當勝愣住時，天王寺又重複了一遍「司先生」。如果自己哪天要撩人的話，或許能用上這個技巧，勝這麼想的同時喊了天王寺的名字。

「……司先生，那個，我有一個請求。如果可以的話，排練後我們能一起……」

「來做武打訓練吧！當然可以。畢竟我們的武打戲可是最精彩的場面。」

「……沒錯！」

「再說，照現在這樣，你會變成襯托我的配角。這樣我會無法好好發揮自己的角色。」

勝一時間啞口無言。

這是句狠狠刺進胸口的話語，卻也是事實。

勝看著天王寺的臉，點了點頭。

「……是啊。」

「就是這樣！小勝，你剛剛是不是在心裡想著『這個混帳』呢？」

「嗯？為什麼這麼說？」

「嗯……解釋起來會變成演技指導或導戲的感覺，不方便由我說。」

——因為小勝是很棒的孩子啊。

天王寺如此低語著笑了笑，並揉亂了勝的頭髮。

「啊，做什麼？」

「不用在意。不過，小勝，拜託了。」

說完，天王寺靠近勝的耳邊，用毛骨悚然的低沉嗓音說道：

「一定要好好殺了我。」

雖然驚訝，但勝努力鎮定下來，在胸前握緊了拳頭。

「是！我會努力的！」

「總覺得氣勢被削弱了呢……但這也是你的厲害之處。」

「欸？」

「互相努力吧！那麼，在海斗忙完前，我們先自主訓練吧？」

「好！來吧！」

於是，勝和天王寺再次變成了不共戴天的百與我愉原，用包著泡棉的刀開始了激烈的武打練習。

* * *

第二起事件發生在開始排練的第十天。

當勝和天王寺連日留下來排練已成常態時，一樓的工作人員踏著讓人聯想起過去事件的步伐，再次跑上樓梯。

「有人來採訪，好像是電視臺的人。說是要採訪鏡谷海斗先生。」

「『好像』？沒有這個安排啊。」

「不過，下面……」

面露困惑的工作人員看向海斗，海斗立刻開啟手機，撥打製作人的電話。

「沒辦法換別間排練場真的很頭痛。」

「聽說找不到能替代的場地……」

勝低聲回應了天王寺的話。輪島因為能接受海斗的演技指導，以及獲得劇本中額外增加的一句臺詞而充滿幹勁，但他仍未從「出賣」海斗的罪惡感中恢復過來，時不時會因為驚嚇而一句話也說不出來。海斗似乎早已預見這種情況，才為輪島增加戲份，這份冷靜讓勝深深的敬畏。

海斗似乎聯絡上了製作人，開始對手機講話。

這樣充滿寂靜的排練場，瀰漫一種異樣的氛圍。這裡本應是充斥著刀劍撞擊聲和臺詞朗讀聲的嘈雜空間。勝覺得這就像「不安場景」的演出效果，彷彿身處戲劇的世界中。

海斗結束了通話。由於製作人無法趕來，他希望大家能繼續無視那些記者。不過，他會立刻派公司其他工作人員來正式驅趕他們。

這似乎是唯一可行的策略。

不久後，另一位女性工作人員出現了，困惑地說道：

「好像不是電視臺的採訪。」

「怎麼回事？」

面對天王寺的疑問，女性工作人員接著說：「好像是直播主。」勝感到一陣無力。這些直播主通常是大型影音平臺上的個人創作者，他們透過上傳有趣的影片賺取收益，在某種意義上也像演員。他們大多不隸屬於任何經紀公司，一旦影片引發爭議，所有責任都得自己承擔。

「應該是『聽說排練場在附近，所以來看看』之類的突擊直播吧。」

「真是麻煩。」

海斗的語氣嚴峻，但對此毫無興趣。天王寺則聳了聳肩。最近，我愉原那無邪的殘暴性格，即便排練結束後似乎仍無法退去，他時常流露出猙獰猛獸般的眼神。

「應該是抱持著『如果有工作人員出來就賺到了，如果能引出哪個演員就更讚了』的想法吧？無視、無視！」

聽完神崎的話後，大家再次投入排練之中。

然而，三十分鐘後。

「海斗——海斗——，我錯了——，我們錯了——！」

開始傳來奇怪的聲音。

這不是那種需要仔細聆聽才能聽到的聲音，而是即使有人在排練場中朗誦臺詞也能清楚聽到的響亮喊聲，有人在道歉。

喊著「海斗，對不起，我們錯了」。

響皺起了眉頭。

「那是什麼？」

「嗯，可能是妖怪吧。」

「……是不是報警處理比較好？」

「當然要報警，這種情況就該找警察。」

聽見田山回應，佐藤副導演立刻拿出手機撥打了一一零。

「海斗——海斗——，對不起——」

宛如哭泣妖怪般的男性喊聲，持續不斷。

勝突然發現。

「……是陣內。」

「什麼？」

「陣內清，那個聲音。」

勝的話語讓海斗瞪大了雙眼。

陣內清。

在高中時期曾任應援團副團長的男人，自稱「最討厭歪門邪道」，正是霸凌尚未擁有筆名的海斗，把他關進廁所並用水管澆水的元兇。陣內那「哇哈哈」的笑聲十分爽朗，無論何時何地、無論嘲笑誰都一律是那種笑聲，勝非常厭惡那個笑聲。

而現在，那道聲音正在排練場外喊叫著。

海斗沒有表露出一絲動搖。或者，海斗單純就是不擅將情緒表達出來的人。

不過，從那一言不發呆站原地的模樣，洩露出他難以抑制的不安。

「海斗──海斗──對不起──」

聲音依然持續著。此時傳來男性工作人員的制止聲，似乎是一樓的人出面了。然而，稍微安靜了一會兒後，奇怪的喊聲又再次響起，沒完沒了。

「警察不是應該在通報後十五分鐘內來嗎？」

眼神抑制不住怒火的天王寺，用幾乎要咂舌的不滿口吻嘟囔著。十五分鐘早已過去，警察仍未出現。

勝站起身。

「我去。我去讓他們停下來。」

「別去，小勝。這樣只會讓他們『直播成功』。」

「找到頻道了。就是這個。」

佐藤副導演找到了一個標題為〈時隔八年的道歉・向鏡谷海斗說對不起〉的直播。

直播帳號名稱為「KIYOSHI[7]」，看來就是陣內清。

這位直播者還上傳了其他幾部影片。

「……」

由模糊畫面作為縮圖的影片，看起來像是高中生的日常生活紀錄。與現在的智慧型手機相比，攝影器材的性能較差，畫質也不好。影片並沒有標題。上傳日期是昨天，儘管如此播放次數卻十分驚人。

勝對高中生們的制服有印象。

縮圖的畫面稍微動了一下，出現了半裸少年緩慢行走的畫面。

那正是海斗。

「……！」

勝用手摀住嘴巴，並滑動了螢幕好讓那畫面消失視線中，他覺得快要吐了。

勝察覺到在一旁偷看的海斗咬緊了牙關。

「怎麼會有這種影片！」

「我雖然不懂這個影片盛行的時代，但這傢伙到底在想什麼？」

「是不是因為上傳這個影片被罵，所以才來『道歉』？」

「真是沒救的蠢貨。」

7 KIYOSHI：陣內清的「清」，羅馬拼音為KIYOSHI。

田山的聲音在勝耳中顯得虛無空洞。無論直播者是蠢貨還是天才，影片一旦公諸於世就無法刪除，這是現代小學都會教的事。

勝完全無法理解他到底在想什麼。

就在這時，傳來「嗚——嗚——」的警笛聲。「那邊的人、那邊的人！」警察透過擴音器放送的聲音響徹整條道路。不斷呼喊著「海斗——海斗——」的聲音漸漸變小，最終聽不清了。

當警笛聲停下後，喊聲也隨之消失。

陣內清似乎離開了。

「……」

勝深深吸了一口氣。他想將一切都當作沒發生過，重新專注於排練。然而他卻辦不到。明明不想看影片，但一想到裡面可能會出現的內容，卻又忍不住想確認，害怕得不知所措。

即便騷動平息了，海斗依然在原地駐足不動。

「海斗。」

「……我有點累了。」

當勝搭話時，海斗如此呢喃，接著離開了排練場。他沒有說「休息」，也沒有下達任何指示。這是前所未有的情況。

勝不禁跟了上去。

走出排練場後，海斗沒有下樓梯，而是大步朝著通往死路的儲藏室走去。排練場的三樓成了無效空間，雖然有樓梯，但中途的平臺上堆滿了舊家具，無法通行。

海斗被積滿灰塵的桌椅擋住去路，呆站在前往三樓的樓梯平臺前。

勝慢慢爬上階梯，走近海斗。

「……海斗。」

即使呼喚，海斗也沒有回頭。

勝無法忍受沉默，再次出聲搭話。

「海斗，對不起。」

「……什麼？」

海斗頭也不回地低聲呢喃。勝懷抱著快哭的心情，繼續說道：

「我沒能幫到你。」

當說出這句話的瞬間，勝隨即被一股巨大的懊悔包圍。

明知對方遭受殘忍的霸凌卻什麼都沒做，如今卻向對方說「沒能幫到你」，這跟把霸凌影片公諸於世的同時，還在場外高喊「我很抱歉」的行為有什麼不同？

意識到自己依然卑鄙的勝緊咬下唇，低下了頭。

「……對不起。」

當他再次道歉時，一股衝擊來襲。

鏡谷海斗，這位一直溫吞的劇作家，抓住了勝的衣襟，猛烈地搖晃。

「不准道歉！」

「哇啊，哇！」

「不准道歉！不准道歉！特別是你！別道歉！」

勝差點從樓梯上摔下來，幸好海斗及時拉回，他勉強用雙手撐住樓梯的平臺，有驚無險。

勝四肢趴在滿是灰塵的階梯上，抬頭看著海斗。

海斗滿臉通紅，鏡片後方的眼裡滿是淚水。

「……你根本，什麼都不懂啊！」

「我知道啊！我以前明明是學生會長，明明知道你被霸凌，卻什麼也沒做。是一樣的，我跟那些欺負你的傢伙們是一樣的，雖然你說『二藤勝沒有欺負我』，但那是假的！我這樣做跟霸凌沒兩樣！」

「不對！」

海斗的聲音相當激動。

勝彷彿被聲音摑了一巴掌，呆愣在原地。

海斗流下淚水。透明的淚水在眼鏡後方的眼眶裡凝聚，然後無聲地順著毫無血色的臉頰滑落。一條、兩條。

「你真的什麼都不知道。要是沒有你，我早就死了。正因為有你，我才能活下來。你根本什麼都不知道！」

「欸……？」

「二藤勝！你根本沒有霸凌過我！你不是一直都在試著幫我嗎？一次又一次！那和「霸凌」根本是兩回事！你以為我都沒感覺到嗎？不要認定自己是錯的，那是自欺欺人！我希望你能為自己感到驕傲，抬頭挺胸地說『我沒霸凌過任何人』！」

勝只能維持趴地的姿勢，愣愣地看他。勝完全無法理解，邊放聲哭泣邊激動說話的海斗，到底在說什麼呢？

回憶過往，蒲田海斗遭受霸凌的契機始於老師的一句話。

自當時起，海斗就不擅社交，雖然成績優秀卻總是板著臉說話。然而這樣的個性，對於認為只要會爽朗地打招呼並擁有良好人際關係，一切就能順風順水的老師來說，並不討喜。

高一的第三學期末，老師在發還試卷時提點海斗。

「你成績那麼好，應該要更開朗一點，多交些朋友。這樣你的高中生活會更愉快喔！」

海斗只是面無表情地看著老師，平靜說道：

「這是我的事，不是由你決定的。」

自任職後的短短期間，老師一直很努力融入學校，而海斗回給這位有些笨拙的老師的這句話，讓教室的氣氛緊張了起來。

「爭執」就是從那個時候開始的。從剛升高二的春天起，出現了無視海斗的小團體。也有人開始用不雅綽號稱呼他。甚至有人把他關進廁所朝他潑水。還有拍成影片在社群中散播然後取笑他的人。

但海斗從未向老師尋求幫助。

相反地，他板起臉怒視對方，並用日常生活中少見的獨創詞彙表達輕蔑。說他們卑劣、幼稚、低等智慧、品性忘在媽媽的肚子裡等等。漸漸地，海斗在校內的地位，成了「刻意讓人討厭的怪胎」。

沒多久，學校裡的人們就意識到，他是個可以欺負的對象。

海斗開始成了大家紓解壓力的沙包。儘管遭受暴力對待的情形不多，但作為無論「被打多慘」都不氣餒、胸懷不屈精神的沙包，海斗被視作珍寶。他雖然會用獨特且有趣的話語回擊，但他不會還手，也不會向他人求助，所以校園裡並沒有所謂的「霸凌」，如果撇開幾乎和全校學生起「爭執」的海斗的話。

認為這一切不對勁的人，除了勝之外肯定還另有他人。

但出聲制止是一大難事，想要長期發聲更是如此。

因為無論是老師還是勝，每當有人想介入幫助時，海斗總會以猙獰的表情瞪著他們。

——你是要把我當成被霸凌的受害者嗎？

每當介入「爭執調解」時，勝總能感覺到這股目光。

身為學生會長的勝，曾考慮過以提出「無霸凌校園」這一目標來委婉解決問題，但最終沒有做到。因為這等於打破了海斗對「沒有被霸凌」、「只是起爭執而已」的堅持，這可能會粉碎海斗的自尊。

此後，海斗的「爭執」——霸凌狀態不但沒有消失，反而越演越烈。

勝現在明白了，當時應該向教育委員會求助。向擁有更大權力的組織談判，情況肯定會大不相同。

經過了一年多宛如地獄般的時光，蒲田海斗在三年級的暑假前轉學了。

最終，勝只是袖手旁觀蒲田海斗遭受霸凌的情況。

他時不時會想起自己當時的行為多麼愚蠢，這是段滿是悔恨的回憶。

然而。

他卻被現在的海斗說要抬頭挺胸，勝只覺得海斗搞錯了。

海斗甚至還說「要是沒有你，我早就死了」這種話。

勝完全無法理解。

就在勝準備開口問之前，海斗以極快的動作摘下眼鏡，用手背拭去眼淚和鼻涕，接著迅速戴回眼鏡。

「……我要去超商。你回去繼續排練。」

站起身後，海斗大步離去，勝呆然地目送他。

＊＊＊

儘管出現波折，大家仍若無其事地照常進行排練。時間是不會等人的。

在前往排練場的途中，勝在早晨營業的雜誌攤上，看到以自己和海斗作為封面的戲劇雜誌。雜誌有好幾個版本，這都是在排練場採訪的成果。

深夜偶爾看到的新聞裡，有時會在街頭畫面中看到《百夜之夢》的廣告。勝的腦海中，時間還停留在七月或八月左右，但世界卻確實地向前推進。

距離正式演出還有兩週。期待之情不可避免地高漲起來。

而關於自己的霸凌報導，海斗則隻字未提。

「呀——！」

「來吧！」

「啪」的一聲，是敲響劇本的聲音，演出暫停了。

「勝，剛剛那個『呀』不是百，是你自己。再來一次。」

「好。——呀啊！」

「還是太可愛。」

「『可愛』嗎？」

海斗的批評讓田山笑了。神猿大王的戲份主要集中在第一幕，第二幕則像是附加的角色，但他的表現給人留下了深刻印象。他本來就是從小接受劍術訓練的精英，田山的動作具有所謂的「華麗」感，他偶爾會把技巧傳授給環境演員神崎，而海斗也默許了這一點。

經歷了諸多苦難後，《百夜之夢》劇團凝聚成一個緊密的大家庭。

平時馬虎，但在關鍵時刻卻能展現威嚴的田山，宛如祖父。

不拘小節，但一碰上問題就很值得信賴的天王寺，如同父親。

年齡較長的環境演員輪島和神崎，如同大哥一般。

而海斗則是稍顯可怕、難以親近，卻非常可靠的年紀相仿的哥哥。

響是可愛活潑，總是給大家帶來活力的年幼弟弟。

還有鞏固這個大家庭的眾多工作人員。

勝十分享受身在其中的這份奢侈，並珍惜這段難得的時光。雖然現在正為了正式演出而努力不懈，卻有一股甜蜜鄉愁提前襲上心頭，總希望這段時光永遠不會結束。

關於影片事件，海斗恍若無事般選擇了無視，抑或是努力不去在意。勝也從經紀人那裡聽說原影片已經被刪除的消息，但他不打算再去了解更多細節。

穿上剛打好版型的衣服，勝專注於和天王寺的最終對決排練。

響飾演的森若，在第一幕第十場被天王寺飾演的我愉原斬殺後，接下來的勝與我愉原之間的對決——

正是全劇的最高潮。

海斗將眼鏡的鼻橋往上推，用手指揉了揉山根後，再次看向勝。

「你應該明白這場戲的意義。百在殺人時，也會想起曾愛人的時刻。這裡的情緒與其說是暢快的新鮮感，更像是恐懼流竄全身的鮮明感。我希望你能發出帶有這樣情緒的聲音。」

「了解。」

勝將右手放在喉嚨處，像是要壓碎般揉按著。雖然他沒有用壞喉嚨的經驗，但經歷過戰鬥的百，早已在戰鬥中身負多處傷害。不光是精神層面上，他希望肉體上也能接近百的狀態。

「啊啊啊——！」

「來吧——！」

當勝聲嘶力竭地朝天王寺揮刀時，海斗再次叫停排練。

海斗沉默了片刻。

勝好奇海斗接下來要說什麼，於是對上了他的視線，但眼鏡後方的雙眼卻沒有透露任何訊息。至少對勝來說，他不明白那雙眼在述說什麼。

經過了十秒左右的沉默，海斗輕輕點了點頭後開口說話。

「比剛才好多了。果然，勝帶動作去演會更生動。」

「謝謝。」

「那就這樣繼續吧。」

之後，勝繼續與天王寺排練，排練到他成功擊殺天王寺飾演的我愉原的段落。正式演出時，勝必須在更加激烈的打鬥中說出臺詞，並在指定時間點「死去」，然後在燈光暗轉後迅速退場。需要思考和牢記的東西很多，而現在他還沒有完全掌握一切。

海斗在順過一次完整的排練後，宣布休息十分鐘。

勝放下武打戲用的刀，坐在排練場，突然——

有人蹲在他的身邊。

「小勝。」

「司先生，辛苦了。」

「辛苦了。嘿，你過來一下。」

「嗯？」

「我們單獨聊聊。嘿嘿。」

天王寺笑得像是要分享祕密的幼稚園小朋友。

勝露出苦笑跟著他來到排練場外的走廊。最近大家比較少留下來練習，結束排練後會去居酒屋小酌一杯，是相較輕鬆的時期。勝心想，待會兒可能會被問今天要不要喝一杯，悠閒地跟在天王寺身後。

然而。

確認走廊上沒有工作人員後，天王寺的笑容消失了，取而代之的是一張毫無表情的臉。那蒼白的面容讓勝感到畏懼。

天王寺的表情宛如冷酷的鬼怪。

「你，沒有打算殺我吧？」

「……」

勝第一次明白了「被蛇盯上的青蛙[8]」這句話的意義。

天王寺臉上浮現出怒火。當然，他是名演技精湛的演員。無論他真實的想法為何，至少他正在對勝表現出「我很生氣」的演技。對於演員來說，這與真實的憤怒無異。

面對啞口無言的勝，天王寺繼續說道：

「你是不是覺得『能跟大家一起演戲很開心』？」

8 被蛇盯上的青蛙：原文為「蛇に睨まれた蛙」，是日本俗諺，形容太害怕而無法動彈。

「……」

「把這種想法丟掉。」

冰冷的語氣讓勝再次動搖。

天王寺毫不留情地繼續開口。

「你應該明白吧？演戲並不是為了我們自己，而是為了觀眾。我們現在在這裡感受到的幸福，就連宴席料理的主菜都稱不上，只是『附加餐點』，類似『員工餐』罷了。那不是能端給付錢來吃宴席料理的客人吃的主菜。要是廚師沉溺於『員工餐』的滋味，而忽略要給客人的料理，就得被開除了。那麼演員呢？勝，你覺得這種演員會怎麼樣？」

天王寺並沒有親暱地喊他小勝。忐忑不安的勝擠出了一句話。

「……會丟工作。」

「比起這種小事。」

「……」

「這樣可能會無法滿足觀眾。」

天王寺用彷彿從地獄深處傳來的嗓音說道。勝不由得後退了一步。他覺得眼前的人似乎隨時會從嘴裡噴出火焰。

天王寺那雙如玻璃珠般圓睜的眼裡，燃燒著冰冷的激情。

「我們是演員，對吧？演員是為了什麼而活？勝，你是為了什麼而活？」

「……為了，演戲。」

「那麼你光是在混凝土牆前演戲就會滿足了？」

「是為了讓觀眾看到我的演技……讓他們享受其中！」

天王寺點點頭，但眼睛裡依然沒有笑意。

「我把這稱為『把大家餵飽』。」

「……把大家餵飽？」

「拿餐廳比喻的話，就是把大家餵飽。端出美味佳餚，讓他們離開時說出『真好吃啊』。」

「……」

「絕對不能讓人有『這廚師長得不錯』的想法。我們會變老。即便靠這點吸引大家成為粉絲，但容貌是暫時的，總有一天會看膩的。甚至還會被『長得好看，還有一些天賦』的演員輕易取代。沒辦法再填飽觀眾的肚子。」

勝激動地點點頭。天王寺的話語不帶任何誇張，完全是真心話。與那些在小酒館裡隨口說的「觀眾會不會喜歡呢」、「希望他們能享受表演」之類的小小祈願不同，這些話語充滿了烈火般的熱度。

「不管你在舞臺上做了什麼，演技有多僵硬，也許還是能滿足專程來見你帥氣可愛一面的死忠粉絲。但會因此感到滿足的，只是最表面的那一小部分觀眾，甚至更少。來看我們的觀眾大部分都是『剛好有空就來看』或是『被朋友邀來看的』，又或者是『公司發了優惠票才來』之類的，都是些對我們沒有興趣的人喔！而我們，要把這些人帶去夢的國度，在這一個小時三十分鐘，要讓他們度過一段能忘卻現實的魔法時間，最後再帶他們回來。我們必須要成為能施展這種魔法的大魔法師才行。所以你還要因為『員工餐』的滋味分心嗎？你明明擁有在更廣闊、更深遠的幸福世界工作的特權，你難道要裝作什麼都不懂嗎？」

勝感覺眼前世界天旋地轉。頭部彷彿被毆打般的衝擊，接二連三地襲來。

像是在努力冷靜下來般，天王寺抬起手捂住額頭，低頭看著自己的腳，接著輕輕嘆了口氣。

「你明白了吧？」

「……」

「是很簡單的道理。」

「……是的。」

「不過嘛，排練場的氣氛愉快確實是很棒，我能理解。之前田山大哥有說過以前會『被砸菸灰缸』的事，而我第一次經歷的現場卻是『無』。根本沒人會關心我這種小角色。有一大堆只有一句臺詞的演員，畢竟那是個有三十幾位演員演出的劇團。現場就是給人一種「請隨意發揮」的感覺，所以我就照自己的方式表演了。完全豁出去，想著就算沒有人看，我也要好好表演！但最後，努力並沒有得到任何回報。不過因為還是有收到酬勞，並不算太糟，只是毫無樂趣可言。」

「……但是，我並不只是為了讓自己感到快樂才當演員的。」

「就是這樣。感受到樂趣很重要，因為這份樂趣會傳達給觀眾。但如果只有自己快樂，那就太可惜了。」

「我明白了。」

「那就好。啊，這算職場霸凌嗎？會被認為是職場霸凌嗎？」

「才不會咧！沒事的！我對司先生真的感謝得要死。」

「謝啦！但說實話，比起『感謝得要死』我更想要你有『我要殺死你』的想法。」

勝往後退一步，和天王寺拉開了距離。接著捏了捏臉上所有肌肉，然後鬆開，擺出了那副『表情』。

是殺氣騰騰的表情。

勝盡可能地表演出滿是厭惡與怨恨的情緒，向天王寺道出一句：

「我要殺死你。」

像是在述說感謝般。

蘊含著感激之情，勝如此宣言了。

天王寺微微歪著頭，露出了一絲微笑，接著拍拍勝的肩膀。

「這才對嘛。」

如此低語的天王寺——不，應該說是我愉原，比勝此生見過的任何人都更像一條吐著蛇信的毒蛇，混雜著血腥味，妖豔得令人不寒而慄。

第五章

排練場裡的時間如暴風般飛逝。工作人員製作的大道具、小道具和服裝都進入了最後階段，在演技和動作指導等以演員為中心的行程間，開始需要試穿戴各個道具和服裝的時間。田山要穿的神猿大王的服裝，因為工作人員的創作熱忱而重新製作了好幾次，每次重製都使金襴緞子的豪華程度更上一層樓，更具「大王」的威嚴感。不過，所有演員的服裝有個共通點，就是絕不笨重。為了讓服裝在輕便的同時又顯份量感，他們使用鉤子或魔鬼氈，製作成便於穿脫的款式。其中像百為首的幾位需要多次更換服裝的主要演員們，他們的服裝都是兼具造型與方便穿脫之實用性的藝術品。而在環境演員中，有位動作戲最激烈的演員，他的服裝與其說是衣服，更像是由破布與橡膠組成的盔甲。為了需要在公演期間上傳到SNS的「演員搞笑照片」特集，勝曾試穿那套服裝並拍下紀念照。

距離正式演出還有十天時，每天都會進行從頭到尾、一個半小時全力演出的完整彩排。此時的勝已在無意間把所有演員的臺詞都記了下來。雖然他從沒刻意去背，但經過幾週無數次的重複排練，不記住反而更難。響因為學校課業變得繁忙，已經很少出現在排練場。而田山似乎也重拾了偷懶的習慣，來不來成了不定數。儘管如此。

與排練場相關的每一個人，都為了一個目標而奮鬥。

要讓這場演出成功。

希望《百夜之夢》這部作品，能滿足觀眾。

大家彷彿變成只為了此目標而工作的有機體般，不斷運作著。

對勝來說，這感覺像就是將「夢」轉化為「現實」的無期工程。

「小百，我們會把你變得越來越帥喔！一開始是可愛形象，但最後會帥到讓人害怕。我們打算用服裝來體現這種變化張力。」

服裝部負責人酒井花枝，幾乎將自己的生命投注在百的服裝上。她不斷為勝量身，在最近一次量尺寸後，不知為何笑了起來。

「勝先生，你可能不相信，但現在跟當初剛排練的時候相比，你手臂的粗度有一些變化喔！大腿圍也不一樣了。」

「咦？」

「變粗了喔。」

「可能是做太多鍛鍊了吧……」

「你每天排練那麼多還在做肌肉鍛鍊嗎！」

勝苦笑了。即使不是每天都得飛來跳去的環境演員，但只要在舞臺上大量運用身體，肌肉和柔軟性便成了所有演員的基本配備。正因如此，每天排練前大家都會進行仔細的伸展運動。除此之外，勝為了恢復空白期間流失的體力，在不縮減睡眠時間的範圍內努力進行了鍛鍊，其成果似乎已經顯現到身體上了。

大道具逐漸完成，之前用膠帶標記的「臺階」和「二樓」等空間逐漸真實地出現在排練場中，戲劇動作也隨之變化。由於劇組包下了整個排練場，所以不需要演完戲就得撤場。

輪島和神崎，在其他排練場接連好幾天都在忙著搬運和整理大道具，弄得全身肌肉痠痛，因此他們對《百夜之夢》的排練場格外感激。

「海斗，這場戲按照之前的速度念臺詞會跟不上移動，能唸快一點嗎？」

「不行，這樣太假了，還是加些動作吧。」

「這場戲是在逃跑耶，要加什麼動作？」

「摔倒一下不就好了？」

「……對耶！」

戲劇因為一些意料外的理由而變動，增加或刪減某些戲碼，這種變化的空間，讓勝覺得很自在。

「海斗先生，劇場那邊來問了，說搬入搬出所需的文件上，沒有海斗先生的簽名。」

「我馬上簽。休息五分鐘。」

「鏡谷先生，製作部來消息說大道具部的時間表延誤了，會趕不上。」

「一定要趕上。我們不能帶半成品上場。只要確保安全面就好。安全是第一位。」

「有雜誌社發邀請，說想請海斗先生跟勝先生進行雙人專訪！六間雜誌社喔！」

「全都安排在首演前一天進行。其他請勝的經紀人處理。」

幾乎完成所有的演出指導後，海斗變得像是個打雜的角色。這位身兼劇作家、導演，並且和演員同樣擁有「吸引觀眾的廣告氣球」作用的新銳劇作家，不僅是針對演員，似乎也把自己當成「素材」加以充分利用。

正式演出前的一週，在倒數幾次的完整彩排之間，勝和天王寺正積極進行武打練習。

「說真的，演員做到這個程度，我們這行都要沒飯吃了。」

武打指導的千條如此苦笑道，但似乎並不討厭這個情況，嘴角還有些得意地上揚。勝和天王寺的運動神經都很出色，也有持劍演戲的經驗，從排演開始，兩人的默契也不差。

但隨著排練漸入佳境，勝不得不承認，最初呈現的不過是一場「我們對武打戲滿在行」的發表展示會。

「來吧，百。」

「我要殺死你。」

「你試試看啊！」

排練場外頭正在確認大道具移動順序，在走廊中央處，勝和天王寺正在進行對決。由於只是直線移動的武打，即便是走廊那樣狹窄的空間也能確認動作。

我愉原揮劍斜砍，百退步閃避。

百大步往前揮砍，我愉原則左右擺動身體、靈活地躲開並迅速縮短彼此間的距離。

百差點被戴著鋼鐵護手甲的我愉原打飛，翻滾迴避攻擊。

連擊、閃避、反擊。

再一次的連擊，化解後刀劍相擊，互相彈開。

天王寺不斷挑釁勝。

說著「你是不可能殺死我的」之類的話。

用邪惡的嘲笑，戲弄的眼神注視著勝。

為了不被那道眼神壓倒，勝必須堅定內心。不能用一句「司先生今天好可怕」的玩笑話破壞一切，他必須維持住這份緊張感，並將其加倍傳達到觀眾席才行。飾演海洋藍劍士時，勝的任務是透過魔法冒險劇，給電視機前的孩子們帶來勇氣，而現在的勝需要展現的，是一個將情感燃燒到極限的男人的真實模樣。勝在心中祈願，要是能看到靈魂的顏色就好了。從飾演著我愉原的天王寺身上，勝感受到一股冷冽黑色火焰無聲地自骨頭燃起，宛如在焚燒全身的氣勢，勝十分希望自己也能散發出這種壓迫感。他每次都反復回放排練時錄下的影片來確認，但他不曾從自己身上看到類似的氣勢。

「到此為止！後面很危險！」

負責監督的千條喊道，勝和天王寺這才回過神來。一名提著外送餐點的工作人員正從一樓的樓梯上來。

「謝謝您！辛苦了！」

勝揮手致意後，兩手提滿餐點的工作人員笑著點頭並走進排練場。

勝嘆了口氣。

「要是有人能說句『真是嚇人啊』就好了。」

「畢竟小勝，你當時是背對著他們演戲的嘛。」

「是這樣沒錯啦……」

盤腿坐在走廊上的勝，像是念經般喃喃自語。這是他最近洗澡時和睡前必念的咒語。

「……我恨我愉原，恨透了恨透了，恨透殺了森若的我愉原。」

「真是讓人看不下去。」

「煩死了，我一定會好好殺的，你就等著瞧吧！」

「你覺得一個人真的恨到極點時，會怎麼做？會一直碎念『恨』嗎？這是我以天王寺本人的身份提出的疑問。」

他的意思是希望勝忘掉我愉原跟百，繼續聽他說下去。

勝有預感天王寺將提出建議，於是豎起耳朵並用毛巾擦拭如瀑布般湧出的汗水，看向天王寺。而天王寺也像是在幫狗洗澡般，搓了搓自己的臉和頭髮，口條清晰地說道：

「我啊，曾經被喝醉的親戚，用一升瓶[9]打過喔。」

「欸？」

「那是小學時候。好像是因為沒打中要害，所以很快就好了，但那個夏天因為受傷，一直不能進游泳池。我啊，以前超愛游泳的，所以那時我第一次有了『真想殺死那傢伙』的想法。只要一想到那個人，我就會出奇地冷靜。」

天王寺用沒有感情的聲音如此說道。

「當然，就小學生的頭腦，最多只能想到電死他、推倒他或是詛咒他之類的方法。但當我具體思考該怎麼執行時，我的頭腦就會清晰到自己都會嚇到。先不論『恨』這個情感的意義，想想那會驅使人類做出什麼行動，這或許會對小勝飾演百時有所幫助。」

「……百的話，會怎麼做呢？」

9　一升瓶：在日本，一升為一千八百公升。而一升瓶即為能盛裝一千八百公升液體的玻璃瓶，是日本特有的大小。

「你沒想過嗎？」

「不，確實有想過。」

勝斷斷續續講述了我愉原殺死森若後的「百」。

「百……在森若被殺後，會先開始自暴自棄。因為森若死了，他覺得一切都無所謂了，所以毫無顧忌地喝酒，還遷怒於伙伴們。他想忘掉失去森若的事實，卻怎麼樣也忘不了，於是喝酒和遷怒變得更嚴重，但即便如此，他的心情也無法平復。最後，厭倦他的伙伴們拖著他去搶劫，說『好啦好啦，偷點米心情會痛快點的』。」

「嗯。第二幕開頭他已經是流浪武士集團的首領了嘛。」

百想透過這些行動來逃避悲傷。然而。

「但在這過程中……他會發現自己不知不覺間變成了我愉原的同類。」

百在遭遇敵對流浪武士集團的襲擊後，情緒失控地強襲敵人的堡壘，並縱火焚燒。然而這期間，百看見了遭自己斬殺的敵將身邊的年輕侍從，那哭泣的身影讓他想起了森若。

「……在那一幕中，百會意識到『自己竟然也做了同樣的事情』。他沒有考慮到每個人都是某人的珍愛之人。」

「哈哈哈，一丘之貉。」

「對，就是一丘之貉。所以……」

天王寺等待著勝的話語。勝停頓了一下，繼續說道。

「……與我愉原對戰時，百一定也是在和自己心中的我愉原決鬥。那時的百，現實中雖然是在和我愉原交戰，但其實，他並不僅僅是在和我愉原戰鬥。」

「啊。」

「這是一場與自我的對戰。」

天王寺說著「原來如此」後點了點頭。

「這就涉及到概念的問題了。『與變成流浪武士的自己交戰』。」

「怎麼說呢，或許是『與不知不覺中順應了流浪武士世界的自己交戰』。也可能是『與存在於內心的殺意交戰』，或者『與憎恨這種情感本身交戰』。」

「最後那個我覺得有點問題。如果你想捨去憎恨的感情，難道不是應該讓我愉原殺了你嗎？」

「但那是森若的仇人。雖然想捨棄憎恨，但還是想殺了我愉原。」

「哈哈哈，真是不上不下。」

「請說我這樣更具人性。」

當勝調皮地回話後，天王寺以第二幕終盤的我愉原動作作為回應，給了勝一計鎖喉。無法掙脫的勝開始掙扎，天王寺則放聲大笑了起來，並適時地放開了勝。

「解釋已經完美了。接下來就是如何展示給觀眾了。」

「……我能想到的，就只有全力以赴。因為百是全力以赴地活著、活著、燃燒殆盡地活著，所以我也只能這樣做。」

「嗯，是啊。」

「是的。」

天王寺劃開笑，並說了聲加油。那神情宛如鼓舞自己的兄長般，讓勝有些寂寞。

「……司先生，最近看起來很忙。」

「因為下部戲的排練已經開始了嘛。還好這邊正要收尾了，之前的時間完全撞在一起。」

「下部戲是什麼角色？」

「十七世紀法國的舞臺演員。是部角色扮演劇。臺詞完全還沒背。等我徹底活完我愉原的人生後馬上開始背。」

「真厲害。同時進行兩部舞臺劇，我的話感覺會倒下。」

「每天三餐都吃得很健康、補充營養品、運動，並注意睡眠時間的人，是不會輕易倒下的。但某種意義上，這也是在虐待自己吧。」

「但你很享受吧？」

「那當然。我會把門票寄去你事務所的。」

「我一定會去看的！」

天王寺已經有了下一份工作的規劃。

舞臺正趨近完成。

這意味著，這個劇組的旅程即將結束。

勝靠在走廊的牆上，笑了。

「百最後要是沒死就好了，總覺得好像是朋友要死了一樣。啊——」

「或許不會死。」

「什麼？」

「公演總共有十五場。或許至少會有一場『百存活的結局』。」

「……是、是嗎？」

「演員要相信才行。」

「……說得也是！」

「不過，就算如此，我愉原還是會把百殺掉，繼續活下去。」

「不會發生那種事的。」

「或許會有一場『我愉原大勝結局』吧。」

「不會有的。」

「會有的。」

「不會。」

打鬧起來的勝和天王寺一邊拍打對方的背，一邊回到排練場。那時正巧是幫忙搬出大道具的時機。再接下來是第二幕的排練。

勝靜靜思索著，會頻繁且深刻地感受到「天下沒有不散的筵席」這句話的意義，或許正是演員這份職業的魅力所在吧。

第六章

隨著公演日逼近，勝的手機不斷收到與往常不同的訊息，標題大多是〈你能拿到百夜之夢的門票嗎？〉甚至連「對耶，還有這麼一位人物」等級的點頭之交，也為了同樣的事聯絡他，勝不禁苦笑。但畢竟時機已經太遲，他也只能不好意思地回覆『抱歉，已經沒辦法了』，與此同時，勝也意識到自己要出演的戲劇引起了不小的話題性，他感到十分開心。

貼在房間裡的演出倒數日曆，已經剩下三天。

接著變成兩天。

最終剩下最後一天。

勝等人一起來到了正式演出的舞臺——澀谷稜鏡大表演廳。

早上六點。劇組正式進場，俗稱「進劇場」的這個早晨格外寧靜。

「早安。」

「大家早——」

「早安！」

從事戲劇和藝能工作的人，大多無論實際時間都會互道「早安」。勝早已習慣這個長久以來的慣例，但今天卻對此感到格外開心。能用符合清晨六點的話語來迎接正式演出的環境，對滿腔熱血的勝而言，這種「打入環境」的感覺，讓他激動不已。

然而，後臺工作人員身上卻不見一絲浮躁。從調整音響、燈光等，自進劇場到正式演出前的有限時間中，還有一大堆必須完成的工作。

「好的，從這裡開始的舞臺，由舞臺總監砂原負責，還請大家多多配合了！」

「還請多多指教！」

與如同蜜蜂般忙進忙出的工作人員形成對比，海斗坐在觀眾席中央的椅子上，靜靜凝視著舞臺。負責劇本與導演的海斗，任務早已在排練場告一段落。包含大道具的搬運、燈光、音樂等調整，接下來的舞臺統籌，便是「舞臺總監」展現實力的時刻。舞臺總監負責監督實際舞臺上的所有事務，是正式演出時的負責人。

「快換上戲服，戲服！環境演員也換上！」

「怎麼會打不開燈光的Excel表格！」

「音效M爆掉了！快想辦法！」

在充斥著忙亂腳步聲的後臺，勝等人像玩偶一樣被來回擺弄。確認最能襯托服裝的燈光效果，調整音響音量避免壓過臺詞，測試上下場的實際時間，計算場景轉換所需的時間。

『要是沒有雜務，就不會有收穫。』

這句話，出自經營曾祖父傳下來的鮮魚店的父親。

作為自營商，光是販售進好的魚貨是不夠的，還得處理繁瑣事務，勝的父親對此十分重視。他認為，輕忽這些雜務最終會失去顧客的支持。小看雜務的人，終究會因雜務而哭泣。

為了讓名為「正式演出」的巨大花朵有好土壤可以綻放，澀谷稜鏡大表演廳的舞臺正以最快的速度進行布置。

「哇，有休息室！還是單人用的！」

勝呆站在掛有「二藤勝先生」名牌的休息室門前。除了天王寺告訴他的資訊外，他也從網路上查過，所以知道「只有重量級演員才能擁有單人休息室」。

「畢竟這次，主要演員的人數也不多。」

一名戴著手錶、脖子上掛著計時器的男性在一旁觀察勝的動向。

他負責時間管理。負責監督演員在指定時間內到達指定地點。

「勝，你帶布簾了嗎？」

「布簾？」

「為了能馬上察覺到別人叫自己，休息室的門常常會開著，所以很多演員會在門內側掛上布簾。像是印有自己名字的布簾或門簾之類的。」

「我完全沒準備……！」

「哈哈，這才正常啦。畢竟是第一次上舞臺演出，還是主角呢。」

語氣中似乎透著「你真的很幸運啊」的意味。

那真心祝福的語調讓勝深深鞠躬致謝。

把行李放進休息室後，勝被服裝組換上了農民百的戲服，接著交給化妝師打理妝容。

「為了讓最後面的觀眾也能感受到第一幕中百的可愛跟清新形象，我們會把妝容弄得華麗一點唷！近看或許會嚇一跳，但畢竟是舞臺劇嘛。」

「沒問題，我明白的。」

「那就好。」

完成所有準備工作後，總彩排開始了。照正式演出那樣穿上所有戲服進行排練，即便發生問題基本上也不會喊停，就是所謂的總彩排。

「攝影師進場。」

今天也是拍攝劇場銷售用寫真的日子。

能容納數百名觀眾的大劇場內，此刻除了十幾名工作人員外空無一人，勝望著空蕩的座位嘆了口氣。

「明天這裡會有多少人呢……」

「已經售罄了。」

「啊？」

拿著搭建中的腳踏板的男性工作人員從勝身後走過，他用驚訝語氣告訴勝售罄的消息。那宛如述說著「你不知道嗎」的笑眼，如孩子般閃閃發光。

「所有座位都售罄了。可能會釋出一些當日票，但很多人已經在SNS上宣布要『一早就來排隊』，所以那些票應該也會馬上賣光吧。」

「……」

「能參與這樣的舞臺真的很幸福。加油哦。」

「……是！」

當勝換下燈光測試用的第二幕服裝，穿上第一幕的服裝回來時，舞臺已經變成了百的故鄉農村。從舞臺左側到右側是一片平緩的丘陵，丘陵上佇立著一座小小的地藏菩薩社。丘陵上長出了秋天的草木，斑駁地染上黃綠色和土色，農村邊界的丘陵，活靈活現地存在於舞臺上。

當勝快被美術團隊打造的壓倒性場景所震懾時，舞臺總監透過麥克風對他發出了指示。

「從第一幕一場開始。大家都沒問題吧?去廁所的人都回來了嗎?」

一句「正在路上」引來一陣笑聲,當場內安靜下來後,總彩排開始了。

高掛的帷幕慢慢降下。

觀眾入場的背景音樂響起,隨後觀眾席的燈光漸暗,帷幕緩緩升起。

站在第一次踏上的舞臺木板上,勝像往常一樣,化身為百。

「今年也是豐收吧!」

「是的話就好囉。」

不需思考,早已刻進身體的臺詞自然而然地脫口而出。勝喜歡這個只認識故鄉農村世界的百。然而,他也意識到,這或許只是每個人童年時代的共同經歷。周圍事物就代表整個世界,外面究竟有什麼根本無法想像。

但勝也明白,這段時光不會持續太久。

流浪武士的堡壘、縱火攻擊、森若的死、變成首領的百。

中場休息時間也照正式演出安排,總彩排繼續進行。

「我愉原啊啊啊啊!」

「來啊!」

最後的決鬥中,勝拚命演出。在預先安排好的武打場景中,天王寺偶爾即興發揮的臺詞既讓人害怕又覺得有趣,而應對這些即興也令他感到愉快。勝明白,百也同樣樂在其中。成熟的百打從心底享受著與另一個自己的生死對決，即使那是以自己的生命作為代價。

總彩排的進展過於順利，舞臺總監忍不住苦笑。

『我原本以為會出現很多問題呢。』

「已經有很多了！」

舞臺總監的助理，是一位戴眼鏡穿著T恤的女性，她以沒有麥克風也能清楚聽見的音量如此喊道。她手中的筆記本滿滿都是字跡，看起來是問題點的記錄。雖然有上下場錯位以及出場順序之類的小問題，但沒有涉及到舞臺存續的重大問題。

天王寺在排練謝幕時抱怨道：

「……啊，好累。要是演十五次，我可能會死。」

「死了也沒關係。我會把結局改成『百存活的結局』。」

「不，我可還沒放棄『我愉原大勝結局』。」

儘管喘得上氣不接下氣，天王寺依然對著勝露出笑容。勝哈哈喘氣的同時整理呼吸，開始練習鞠躬。對著空無一人的觀眾席展開雙臂鞠躬，雖然是幅相當荒謬的景象，但看到舞臺上的工作人員們伸出雙臂鼓掌，勝感到非常高興。

而海斗也輕輕鼓掌了。勝是第一次看到海斗為戲劇鼓掌，讓他覺得胸口暖暖的。

「喂，田山呢？」

擔任百農村友人一角的上村輕聲問勝。明明是謝幕時間，卻不見田山的身影。勝皺了皺眉頭。

「他剛剛說要去趟廁所。」

「真是麻煩啊。」

「不如讓勝叫他過來？像『特別來賓』一樣。」

「說起來，田山先生這次會出演確實很神秘。如果是像《門》那樣的劇本還說得過去，但這種娛樂劇，他以前好像沒有類似經驗。」

「聽說是他本人說想參加的。」

「怎麼說？」

『給我集中精神！』

舞臺總監的一句話，讓正聊得熱鬧的演員們立刻閉上嘴。然而，監督似乎也很在意田山的缺席，要求勝去找他回來。最後還是變成剛剛閒聊所說的橋段進行了啊，勝邊笑著，邊從舞臺側幕退場。

「田山先生，現在在進行謝幕練習哦。田山先生……？」

尋找田山的勝，與來把自家團體的傳單夾在明天發放的傳單中的團隊擦肩而過。雙方交錯時，不斷有人喊著「辛苦了，辛苦了」，帶著伴手禮的團隊，充滿了祭典前夜的熱鬧氣氛。然而，仍不見田山的蹤影。勝來到田山的休息室，發現燈還亮著，裡面也隱約有人的氣息。

勝猜想田山或許是以為總彩排結束了，敲門後，推開了門。

「田山先……」

門的另一端，田山正面對鏡子，用紙巾按壓著嘴部。鏡子前面散落著幾個揉成球的紙巾。

所有紙巾都像是浸過刨冰的草莓糖漿般通紅。

就連田山的嘴部也是。

「田、田山先生！救護車！」

「閉嘴！」

田山的聲音沙啞得可怕，顯然是吐了血。雖然勝無法確定到底流了多少血，但顯然不是可以放著不管的情況。

一心想報告緊急事態的勝剛一轉身，田山突然站起來，迅速抓住勝。他的動作敏捷得像是被神猿大王附身般，讓勝瞬間無法動彈。

嘴角仍流著鮮血的田山，瞪大著雙眼。

「不准跟任何人說。我沒事。絕對不要說出去。」

「怎麼看都不像沒事！」

「吵死了！我說沒事就沒事！」

在勝的耳裡，田山的聲音就像是在哭泣般，他一時語塞。

「……但。」

「演出沒問題。完全沒有問題。相信我。我是演員，你也是吧。這件事要保密。」

「……但……」

「要保密。明白了嗎？」

「……」

在答應不了也無法拒絕的狀態下，勝離開了休息室。田山猛然將紙巾塞進塑膠袋中，似乎是打算趁現在隱藏吐血的痕跡。

「勝，回來了啊！田山先生怎麼了？」

面對舞臺總監的疑問，勝只是搖頭，小聲說他沒有找到。

笑說一切真的好順利的舞臺總監旁，年輕的舞臺總監助理依然不停碎念著問題很多。此時，勝注意到舞臺總監是在特意強調「一切都很好」。

彷彿在告訴所有演員與工作人員，一定要這樣才行。

「……」

明天終於就是正式演出。

勝露出燦爛的笑容，想像即將到來的明日，心中滿是迷茫。

＊＊＊

「早安！這裡是《月刊演員之聲》。非常感謝您今天抽出寶貴的時間。」
「早安。我是鏡谷海斗。請多指教。」
「我是二藤勝。請多指教。」
總彩排結束後，等待著勝的是一連串雜誌採訪。
《演員之聲》是在排練場的時候，就進行過採訪的雜誌社，之後還有五間雜誌社等待著海斗跟勝的雙人專訪。每家雜誌社的限制時間是二十分鐘。
「這次的舞臺劇是您第一次擔任主演，而且還是鏡谷海斗先生的新劇，二藤先生，您收到通知時的心情是？」
「實在是太驚訝了。但也覺得，要是能參與其中，會非常幸福。」
「與當時相比，現在的心境如何？實際參與後的感想是？」
「變化不大耶。不過那種『幸福感』有越來越強烈。」
「那真是太棒了。」
勝努力不用如「海斗對我很嚴格」、「海斗是斯巴達教育」的詞語。體育報紙刊登了重大新聞一事，每間雜誌社應該都知道。記者們當然不會觸及相關問題，但勝依然想避免做出會讓讀者聯想到那篇報導，或是誤導他們以為「果然是這樣」的言行。

海斗本就是個寡言的人。採訪的主軸便自然轉向勝，但記者仍希望能從這位新銳劇作家這裡挖掘一些話題。

到了第六家雜誌社。

據說是新創刊的舞臺劇雜誌，勝和海斗都沒聽說過，該雜誌社的記者堅持想訪問海斗。但像是愛吃的食物、喜歡的藝人等海斗不感興趣的問題，他一概沒有回答，勝中途接過問題回答時，記者卻投射出「我又沒問你」的視線。採訪只有二十分鐘，但來到十五分鐘時，海斗的心情急轉直下。

「差不多要結束了吧？」

相較回應稍早問題時的態度，海斗用更清晰的口吻如此詢問後，記者便前傾身體，準備進行最後的提問。不知為何，他從胸前口袋掏出一隻不是作為錄音用途的手機。

「海斗先生，我真的很想向您請教這個。」

記者播放了一段事先存在手機裡的影片。

那是段海斗遭受霸凌的影片。

「ㄆㄨㄣ田！ㄆㄨㄣ田！好涼喔——！」

耳邊響起一道雜音，勝覺得全身的血液似乎都被抽走了。現在播放的影片，似乎是陣內清上傳到影音平臺的高中時期影片。褲子被脫下的海斗，被迫成為笑柄走在走廊上。而「ㄆㄨㄣ田」是對海斗的姓氏「蒲田」的嘲諷叫法。

「抱歉，請讓我……」

勝一伸手遮擋影片，記者隨即面露不滿神色。勝瞪向記者，眼神彷彿在質問「你難道沒有最基本的良知嗎？」。此時，站在身後待機的經紀人察覺到情況，強硬地插話說道：「您這樣會造成我們的困擾。」

但記者並未退縮，只盯著海斗看。

「其實我從小就一直被霸凌。當時我告訴自己『我並沒有被霸凌』來保持自己的情緒，但現在回想起來，那無疑就是霸凌。我不把海斗先生當作外人，很痛苦吧？但我克服了這份痛苦，成為了一個堅強的人。我覺得海斗先生也克服了這些困難，才得以發揮才能並開花結果。我覺得我們很相似。能請您對正遭受霸凌的孩子們說幾句話嗎？請對他們說『和我們一樣克服霸凌，變得更強大吧』。」

記者因自身的熱血發言而溼潤了眼眶。勝很想馬上站起來把海斗帶出房間。

海斗不發一語，看著剛剛播放影片的地方

接著低語：

「……霸凌並不會讓人變強。」

記者驚訝得瞪大眼睛。勝同時也震驚得瞪圓了雙眼。

海斗繼續說道：

「它只是單純地摧毀一切。無論其中有沒有理由，都無所謂。霸凌就是霸凌，那種單方面的人際關係就只是暴力。被摧毀的東西並不會回到原來的樣子。根本不會變強。這只是結果論。」

「……不，沒有這種事吧！因為你是……」

「我絕對不會認為，因為有霸凌才有現在的我。更不想這樣想，再見，辛苦了。」

「辛苦了！」

勝像是進劇場的早晨般，大聲打了招呼，並請記者離開房間。當勝像門衛般衝去追海斗時，被經紀人趕走的記者似乎在出入口的門後，被嚴厲責罵。

海斗搖搖晃晃地朝通往工作人員室的出口前進，離開了小房間。

「海斗！」

勝向右轉追了上來，可即便他喊了海斗，海斗也沒有回頭。

懷抱著泫然欲泣的心情，再次出聲呼喚。

「海斗！」

「有在聽，幹嘛？」

轉過身來的海斗，面帶若無其事的表情，但眼神卻顯得空洞，背部也微微佝僂。那模樣與高中時期被叫做「ㄆㄨㄣ田」、踉蹌著走路的海斗重疊，勝不禁咬緊了牙關。

「……不要在意那種傢伙。真讓人懷疑他的人品。還是拜託製作人，禁止他進出比較好。」

「這種人到處都有。」

海斗的話刺痛了勝的心。

影片已經被公開了。將自己置於海斗的立場後，勝覺得心都要碎了。對一般人來說，海斗只是一名『公眾人物』，勝理解有人會因為無聊而分享公眾人物被霸凌的影片。因為他們認為『公眾人物』和自己是不同的，不會將其視為可以換位思考的對象。勝知道，至少有不少人會這樣想。

海斗低聲說：

「……經歷這種事，我學到了一件事，那就是……『人總想操控他人』。」

他的語氣冰冷。

在陰冷的灰色走廊中，海斗的聲音如同戲劇的臺詞般回響。

「看到別人按照自己的話行事，會感到很痛快。會覺得自己像是上位的存在，心情肯定很好吧。每個人都想讓別人服從自己，無論是有意還是無意。我也一樣。或許這就是為什麼我會當導演，然後命令你們『做這個』、『做那個』。」

海斗露出自嘲的微笑，然後低語道：

「我也是其中之一。跟他們是一樣的。」

「完全不同。」

勝的聲音讓海斗抬起了低垂的頭。

「那完全是兩碼子事，海斗。」

海斗愣住了。

勝的心情相當奇妙。他感覺自己的聲音彷彿不是他自己的，他在內心某處觀察到，那或許是百的聲音。但那並不是在農村和朋友一同祈禱豐收的百，而是經歷過殺戮、賭上性命與我愉原對決的百——作為人生前輩的百。

勝開口了。

「我是演員。舞臺上的演員，是由導演操控的棋子。不這樣的話，戲就演不成了。」

「……」

「而我認為那就是幸福。那就是演員的幸福。」

「……」

「只要能收到你的命令，我什麼都願意做。因為那是為了和演員一起創造新世界的指示。」

「……」

「那和強迫自己不喜歡的人去做什麼的命令，是天差地遠的。完全是兩碼子事啊，海斗。你是很棒的人，很偉大的人啊，絕對不是個糟糕的人。」

勝將話一一說了出來。

勝不曾像現在這樣，如此深刻地感受到當演員是多麼棒的事情。

他從未如此強烈地覺得，能和「百」這個角色變得親近，是多麼美好的事。

這並不單純是百、也不僅是勝的心情，但那份情感確實存在於勝的心中，並如川流般不斷傾瀉而出。

「海斗，謝謝你。謝謝你選擇了我。謝謝你讓我遇見了百。真的很感謝。我有繼續當演員真的是太好了。」

說到最後一句時勝才回過神，雙頰變得通紅。他覺得自己似乎說了很不得了的話。而海斗也愣住了。

接著，他笑了。

勝很訝異。眼鏡後方的臉龐，並不是平常那副「微妙的表情」。

那是實實在在的笑容。

海斗帶著笑，注視勝的臉。

「恰恰相反。」

「什麼？」

「是你選擇了我。」

「……什麼意思？」

「這個……不、沒什麼。以後再說。」

「不對，不對不對！沒有人這樣啦！」

「就快公演了。已經超過預定的採訪結束時間。還有程序要確認。快點。」

「等、喂！海斗！」

「聽不見。」

邁開大步走遠的海斗一臉冷漠，甚至看起來有點傲慢，是平時熟悉的海斗。

儘管還無法完全釋然，但勝還是放下了心中大石，按照劇本導演的指示，快步回到舞臺。

當天的排練結束後，勝坐上經紀人駕駛的車，被送回了公寓。豐田並不是勝的專屬經紀人，明明同時照顧了好幾位藝人，但當勝需要她的時候，她總會陪在身旁。對勝來說，豐田是如家人般無可取代的存在。

「豐田小姐，真的非常感謝妳。」

「這都是些小事。而且我也很高興。」

「……高興什麼？」

「因為勝先生又開始閃閃發光了。」

「閃閃發光？」勝重複問道。豐田半帶著笑意，真摯回應道：「沒錯」。

「勝先生……冬天真的很長呢。」

「……」

「不過，冬天似乎快結束了。所以我很高興。真的非常高興。」

勝起初以為豐田是忍著笑意說話，但實際上並非如此。豐田邊壓抑著另一種情感，邊緊握住方向盤。坐在副駕駛座的勝一句話也說不出來，只能默默注視著豐田的側臉。無論是因為海洋藍劍士後無法再演戲而一起去謝罪，還是因為拍攝運動服時被迫過度裸露而感到不快，甚至是出演小型真實事件改編劇的時候，豐田總會對他說「辛苦了」和「做得很好」，勝靜靜看著這位如戰友般的存在。

「我覺得，到目前為止所經歷的時間，對勝先生來說都是必要的時間。」

「『必要的時間』？」

「不是什麼奇怪的意思。只是，要跳高前需要先蹲下來……就像有些動物在春天來臨前需要冬眠，才能在春天充分活動。」

「我原來是變溫動物啊。」

「我又不是那個意思。」

「我知道啦。豐田小姐，真的非常感謝。」

在春天出生的經紀人露出如同關心年輕弟弟般的微笑，勝對此感到非常開心。

回到房間後，勝撕下日曆的最後一頁。

撕下日曆後出現的文字，是來自幾個月前的他給自己的訊息。

『辛苦了！就要正式演出了！一起享受吧！』

「……好。一起享受吧。」

勝環顧了房間中的海報，彷彿在向所有恩人們打招呼。這天，當九點鐘一到，勝就睡了。至少他是這麼打算的。但就像遠足的前夕般興奮，無法順利入睡。於是，他喝了一些水，然後抱著枕頭再次試著入睡。

一夜無夢。

第七章

「集體食物中毒？」

「看來昨晚聚會續攤時吃的生蠔不太新鮮……」

正式演出當天。

從一大早開始，舞臺幕後就陷入混亂。

在部分演員和工作人員參加的聚會後，主要由群眾演員湊成的組合自發地續攤了，而續攤時出現了不符季節的生蠔，果然讓大家食物中毒了。

舞臺總監和海斗面對面，神情凝重。

因食物中毒而被送往醫院的有輪島、神崎和一名幕後工作人員，共三人。

最快也要到明天才能出院。

當然，趕不上今天的演出。

儘管有稱作影子的替補演員來對應「萬一」的情況，但環境演員的影子只有一位，而且還比輪島和神崎年長不少，動作也不夠靈活。雖然總比空著要好，但依然……

「現在無法立刻就找到人替補。只能在有空缺的情況下進行了。」

「……明明是難得的首演。」

對於海斗的決定大家沒有選擇的餘地。舞臺總監那幾乎要消失的聲音，是在場所有人的心聲。

一進休息室，勝就遇見了面色凝重的工作人員，聽完事情經過後，他開始尋找天王寺。

「抱歉，司先生在嗎？芝堂先生！東先生、千條先生！環境演員的各位！」

「辛苦了，小勝。大家從三十分鐘前就開始開會囉！」

那甜美的嗓音讓勝稍稍抬起了眉毛。

天王寺的休息室裡，聚集了所有參與武打戲的演員。勝剛才想找的成員，全都在這裡。

「我大概猜到你要說什麼了。」

「……一起來，三二一！」

「增加即興演出吧！」擔任流浪武士朽葉一角的芝堂匠、天王寺和勝一同喊出了相同的話，形成了三重唱。勝不禁笑了起來。

「太好了，我們想的是一樣的事。」

「其實我早就和小智討論過一些了。」

「太棒了！我去找擔任影子的安齊先生！」

「不愧是你！」

「別這樣。」

出現在休息室的，正是海斗。

原本應該像總彩排那天一樣，正式演出時劇作家並不需要現身。但因為舞臺總監意外事件正忙得不可開交，海斗今天將擔任助手。

面對雙手插著腰的海斗，勝反駁道：

「輪島先生和神崎先生都不在的話，第一幕第三場和第二幕第四場，這兩個地方都會空蕩蕩的吧。」

「沒辦法。」

「但你不是說首演會有很多評論家來嗎？」

「舞臺是活的，難免會有意外。為了彌補意外而臨時去嘗試新做法，反而容易造成預期外的大事故。現在只要專心讓今天的演出順利結束就行了。」

「……但那個『順利』已經岌岌可危了吧。」

「難道少了兩位環境演員，演出就會泡湯嗎？你們的演技有那麼薄弱？」

勝和海斗身旁的天王寺，嘴角勾起了如新月般的弧度，擺出「你真敢說」的模樣。而海斗刻意無視了這副表情。

「不准冒險。安全第一。明白了嗎？」

「……明白了。以安全為首要的即興表演。」

「喂！」

勝的堅持似乎超出了海斗的預期。勝用銳利的目光回視著創造出《百夜之夢》的創作者。

這是一段無聲的說服時間。

經過十秒鐘左右的沉默，海斗輕輕嘆了口氣。

「……我去和舞臺總監談談。」

確認海斗離開後，三人靜靜互相看了一眼，接著退回天王寺的休息室，並請芝堂召集環境演員。

然而，秘密會議在五分鐘內結束了。

「這是修正版。請馬上確認。」

回到休息室的，是眼神熠熠發光的海斗，以及失了魂般一臉呆愣的舞臺總監。海斗拿著的A4紙上，用縱書寫著些什麼。

用劇本格式寫下的內容，正是彌補兩位環境演員空缺的「即興」內容。包括叫喊聲的時機、應有的動線，以及後續的橋段安排，甚至還有應避免的事項。

「既然要做，我的職責就是讓風險降到最低。」

「但進了劇場後的總負責人，應該是舞臺總監啊……」

「真的很抱歉，砂原先生。請當作是我一生中唯一一次任性來看待吧。」

海斗深深鞠躬，勝等演員們也跟著做了。

於是舞臺總監面帶不情願的神情，將補足缺席演員的動線，用力畫在從休息室帶來的白板上。

在舞臺上負責武打戲的演員們，與在後臺支援他們的工作人員們一同開啟的作戰會議，持續到了最後一刻。

* * *

「非常抱歉讓大家久等了！《百夜之夢》現在開場！」

在高聲呼喊的工作人員身旁，排成四列的觀眾陸續通過。遵從著「請勿奔跑，緩慢前行」的指示，大家規規矩矩地以極限的「快步」踏上劇場的紅地毯。

「哇——哇——二藤勝，二藤勝本人喔！不行，我快緊張死了。桃子，如果我倒下了，拜託你撐住我。」

「比起這個，我們得先殺去周邊戰區才行！我為了今天特地把信用卡的額度調高了！」

「線上就能買的周邊沒差啦！限定商品，尤其是會場限定的寫真必買！哦嗚——勝！我來了！」

持有首場票的山口桃子和高良明音，結伴前往周邊販售區。那裡除了場刊外，還販售著劇場跟線上共同販售的商品、以及只在劇場限定販售的商品兩種。

「話說回來，好久沒跟小茜一起來看舞臺劇了呢。最後一次是什麼時候？」

「自從大學畢業後就很少了，已經有一年左右了吧。」

「哇，真不敢相信。以前每週都會跟小茜出去玩的說。」

「真的。學生時代真像做夢一樣……」

「這才是真正的百夜之夢[10]啊。」

「不對，桃子，這個劇是讀作『ももよのゆめ』喔。」

「是喔？欸，那意思是？」

「意思是……就是百日的夜晚吧。」

「哦，這樣啊。因為勝演的主角叫『百』，所以是百夜。了解了。」

「好期待啊，二藤勝本人！」

10 百夜之夢：桃子將劇名讀錯成「ひゃくよのゆめ（HYAKUYONOYUME）」。

「還有天王寺司！我雖然對歷史不太了解，但去年是為了他才看大河劇的！」

「我懂！真的超帥。不過要論帥氣程度，勝還是略勝一籌。」

「不，天王寺司是魅惑型的，性感對決的話他可是壓倒性的勝利啊！」

「哎呀，笑死了。桃子，妳真的跟大學的時候一模一樣。」

「這麼說的話，小茜也是啊！二藤勝復活真的是太好了。以前每個禮拜天早上早起看的英雄，現在要在舞臺上大展身手，這才真的是『夢』啊！」

「真的！這才是真正的『夢』啊！啊，不行了，我要哭了。」

「這樣啊，結束後小茜的妝應該都花了吧，真可憐。」

「沒事的！今天的化妝品全都是防水的。」

「妳已經預測到自己會大哭了啊！」

兩位老友和其他眾多觀眾一樣，大聲喧鬧，愉快地交談著，朝自己的座位走去。

「演出開始前三十分！前三十分囉！」

計時員彷彿變成了重複相同話語的機器般，不斷重複著「前三十分」的提醒，來回走動著。

負責美術與小道具的工作人員，穿梭在妝髮和服裝都上好的演員之間，專注地進行最終確認。

「咦？今天大家都穿著一樣的T恤啊。」

勝注意到工作人員的裝扮，小聲嘀咕道。舞臺總監砂原聽到後笑了，他自己也換上了同樣的T恤，正面印著「百」，背面則印著「夢」，用書法字體大大地印在衣服上。

「其實從昨天就開始穿了喔。這是《百夜之夢》劇場限定T恤，共有黑、紅兩種顏色，統一尺寸。」

「紅色好耶。不知道能不能拿到紅色的。」

「稍後會送過來的。不過，真是太好了。」

「什麼？」

「因為你看起來一點都不緊張。說實話，當我在排練場第一次看到你的演技時，還真的擔心過你到底能不能勝任。」

「這一切都多虧了總監的指導啊。」

「應該是海斗吧。那麼，好好享受表演吧。」

「不是該說『加油』嗎？」

「我總是這樣對演員們說的。因為，能站上舞臺，就像奇蹟一樣。」

——好好享受吧！

砂原滿心喜悅地說，並豎起了右手的大拇指。看到這個現在幾乎只會在表情符號裡出現的手勢後，勝笑了笑，並回以一個大拇指。

「了解。」

砂原走向舞臺側邊，與他擦身而過的是一道矮小的身影。

是田山。

「那麼，來場精彩的演出吧！」

勝緩緩靠近正在練習揮舞長棍的田山。

「田山先生。」

勝低聲問他「您還好嗎？」，但田山並沒有理會。他已經換上神猿大王的整套服裝。根本不需要再多做提問，他肯定是打算上臺表演。

「……我會努力的。」

面對無法當面表達支持與擔憂的大前輩，勝打算透過表明決心，將這兩份心意傳達給田山。

當勝以為這次也會被無視時，卻意外地被田山搭話，讓他感到驚訝。

「阿勝。」

「咦？是在叫我嗎？」

「還有誰？之後去休息室看看。」

「……發生了什麼事嗎？」

「沒什麼。就一點小禮物。」

「還剩十五分鐘，十五分鐘囉」的提醒聲自上方傳來。現在，被稱作緞帳的厚重帷幕垂掛著，舞臺內側的聲音不會傳到觀眾席。不過舞臺總監曾提醒過，「跳動」時發出的沉重聲響可能會被聽到，大家得留意。

勝四處看了看舞臺。暫時沒有戲份的天王寺正在舞臺側邊和工作人員交談。下一次見面時，兩人將是在舞臺上互相砍殺的關係了。

「小響。」

「大哥！」

笑著跑向勝的響，戴著有長長馬尾的假髮，身穿淺黃色布料的水干[11]，上頭還有用山吹色[12]的線料進行刺繡，打扮得宛如稚嫩女孩般可愛。

「大哥，終於要開始了。好緊張啊。」

「對啊！這份緊張，我們也好好享受吧！」

「好！雖然森若會在途中死去，但心會一直陪在大哥身邊。」

「我知道。我們會一直在一起。」

和響道別後，勝再次環視舞臺。

「安齋先生！」

11 水干：日本平安時期開始流傳的服飾之一，特徵是縫合處皆以菊綴固定補強，最早是民間的日常便衣，後來成為公家的私服，以及少年在慶祝場合穿的服裝。

12 山吹色：即金黃色，是日本傳統色之一，名稱由來自植物山吹（棣棠花）。

環境演員的影子安齋看起來非常緊張，似乎正在確認四肢的該怎麼擺動。當他察覺到勝接近他時，他就像一名害怕被長官責罵的士兵般，立刻立正站好。

勝不禁笑了出來。

「安齋先生，放輕鬆就好。今天，光是您願意來幫忙，我就很感激了。雖然這樣說有點奇怪，但既然來了，就一起享受舞臺吧！」

「好……」

「那麼，結束後我們一起去喝個痛快吧。下酒菜的話，還請點牡蠣以外的。」

勝打趣地低聲說道，安齊則忍不住噗哧一笑，隨後露出笨拙的笑容。勝邊在心中祈禱這能稍微緩解他的緊張，邊朝指定位置走去。

「還有十分鐘囉！觀眾席的燈將在五分鐘後熄滅！」

十分鐘。

「觀眾席燈關閉！」

五分鐘。

帷幕升起了。

* * *

第一幕第一場。

很久很久以前，在日本這個國家，還沒被稱作日本的時候。

農民百和他的朋友們，在一個小村莊裡靠耕種稻米維生。那是座被丘陵上的地藏菩薩俯視的小村落。

「百，為什麼拜得那麼勤啊？」

「不知道。就是因為不知道才拜的。」

「啊？」

「為什麼大家都要拜地藏菩薩？拜了就會有好事發生嗎？我不知道。而我就是想知道會不會如此，所以才拜的。」

「唉，真是說些讓人摸不著頭緒的話。」

然而，這座平靜的村莊，某天卻突然遭到流浪武士的襲擊。在這個亂世中，儘管農民們與戰爭無緣，但生命始終與危險相伴。這齣舞臺劇正是以這樣的時代為背景展開。

「讓開！臭百姓！」

保護朋友的百差點被流浪武士斬殺，但他卻拿起手邊的鋤頭反擊，甚至壓制了那些流浪武士。

然而，寡不敵眾，百最終還是被武士們團團包圍。而他剛才救下的朋友，竟然選擇丟下百逃跑了。

百認為自己命不久矣，已經做好了被當場斬殺的覺悟。就在這時，流浪武士的首領現身了，那是名披著金色猿毛皮衣、被稱作神猿大王的男子。

「我欣賞你！小子，你叫什麼名字？」

「我……叫百。」

「百嗎！哈哈哈！真有趣，連數字都不會數的百姓，偏偏叫做「百」。把他抓回堡壘，讓他好好幫我們數東西！」

「不，我不要！放開我，放開我，你這個混蛋！」

被神猿大王看上的百，就這樣被流浪武士們帶走了。

場景轉換到神猿大王的流浪武士堡壘。這座滿是粗野男子的堡壘，由一根根插入地面的圓木築成的防護欄包圍，不僅能抵禦外敵，也不給內部的人逃跑的機會。

零星點燃的火把，將藍色的夜空映照成橙色。

「我想回家……想回家啊，媽媽……爸爸……」

百整日以淚洗面，可在他從流浪武士手中分食到一些白米飯後，他卻因為白米飯的美味而驚喜得跳了起來。百在農村栽種的稻米會被領主徵收，父母也早逝，他只能靠幫鄰近農民幹活來換取一點食物維生，所以這是他人生中第一次吃到白米飯。「好吃，太好吃了！」百笑著在堡壘裡跑來跑去時，遇見了一名哭泣的少年。

「你在哭嗎？」

「嗚……」

「要吃這個嗎？很好吃的哦。」

「嗚……哽……」

這名身穿帶有髒汙但看起來十分昂貴的衣裳的少年，一見到百手中的白米飯，就如餓死鬼般衝上前咬了下去，啃著百的手指將米飯吃光了。面對笑著說「你肯定餓壞了吧」的百，少年卸下心防，介紹自己名叫森若。

「等一下！大哥，您要去哪裡？」

「『大哥』？那是什麼？」

「百大人就是大哥。森若會一直待在百大人身邊。」

「你這是在說什麼。我可沒要求過你這麼做。」

「但森若想這麼做。大哥，您希望我為您做些什麼呢？」

「我沒什麼需要你做的。不過，森若，你也是被抓來這裡的嗎？」

「是的……現在御館的大人們可能都在擔心我。」

「我也想回村莊。我們兩個一起逃出去吧。」

「好。」

然而，兩人的逃跑計劃淒涼地告吹，他們被看守的流浪武士打倒在地，正巧被神猿大王與其隨從撞見，還遭到了嘲笑。

「怎麼了？想逃回去嗎？好好想想吧！那座村子已經不在了。」

「不在了？」

「米啊人啊種子，全被我們吃乾抹淨了。那裡剩下的，只是垃圾，成堆的廢物！」

百怒火中燒，衝上前朝神猿大王揮拳，但根本不是對手。然而，無論挨了多少拳，百都不肯放棄，這讓神猿大王十分欣賞，於是問道：

「你這傢伙真是個有趣的百姓啊。到底想要什麼？是錢？女人？還是食物？」

「都不要！我什麼都不要！」

「那麼你為何反抗？說啊，說出來！」

「……我就是看你不順眼！」

儘管幾乎站不起來，百依然硬氣回應。神猿大王大笑起來，似乎想到了什麼的他，讓隨從拿了某樣東西過來。是一把刀。

神猿大王親手將自己的愛刀賜給了百。

「這把刀的名字叫『神斬丸』，是我年輕時用的殺人工具，不過，這把刀現在還是很鋒利。你啊，把它掛在腰間，先當一陣子的流浪武士吧。漸漸地，你就會知道自己真正想要的是什麼。」

「不要！」

「哦，是嗎？你不要的話，我只好殺了這個小鬼，用來警告那些想逃跑的奴隸們。」

神猿大王將刀指向森若，森若嚇得全身發抖。

再一次地，百沒有選擇的餘地。

「森若，對不起，對不起……」

「沒關係的。大哥是森若的救命恩人。森若願誠心誠意侍奉您，還請您不要拋棄我，拜託了。」

「……雖然我還不太明白，但我會保護你的。」

「好的！」

於是百成為了流浪武士，並有了一名小姓森若。儘管不情願，他還是展開了作為流浪武士的生活。令他意外的是，雖然是流浪武士，但他們並不是成天靠掠奪過活，也會命令奴隸們種植蕁菜和牛蒡，以堡壘裡的菜園自給自足。百曾問神猿大王：「既然有菜園，為什麼還要去掠奪作物？」神猿大王立即回答：「那麼小的菜園，根本無法養活所有人。」這使百明白，神猿大王也像自己想守護森若一樣，有必須守護的人，而那些人正是這群流浪武士，讓百的心情變得複雜起來。

隨著日子一天天過去，百逐漸適應了作為流浪武士的生活。儘管他不參與掠奪，但他成為了負責將掠奪來的米進行稱重和分配的角色。百決定不去思考這些米是來自何處，就這樣分配米給他的流浪武士伙伴們，看著他們喜悅的神情，他漸漸從中找到了存在的意義。森若似乎也樂見百開心的模樣，說道：「森若很喜歡最近的大哥。」並露出了無憂無慮的笑容。百問森若，「曾為農民的自己，如今卻在幫流浪武士的忙，這算什麼？」但森若只是搖了搖頭。

「森若以前的大哥是京城的武士。武士的職責就是戰鬥。雖然有上級的認可和保護，但所做之事其實和流浪武士並沒有太大的區別。以前的大哥曾說過，『強者奪取弱者，便是這世上的法則』。森若雖然不懂這些大道理，但森若喜歡現在的大哥。」

「……森若……」

森若綻放了微笑，像百平時對他那樣，他輕輕撫摸著百的頭。

百從森若的話語中得到救贖，開始對自己的工作懷抱信心，甚至覺得作為流浪武士而活其實也不壞，神猿大王也未必是自己想象中的壞人。

然而就在這個時候，意外發生了。

「著火了！著火了！堡壘著火了！」

「叛變了！有人叛變了！」

神猿大人的堡壘，在某一夜裡，突然被烈火包圍。

下手之人，正是神猿大王的心腹——我愉原。

「我愉原，你這個叛徒！」

「叛徒？別開玩笑了。我等這一天已經等很久了。」

我愉原的刀鋒從背後刺穿了剛睡醒的神猿大王，染上如火焰般紅銅色的我愉原在堡壘中放聲狂笑著。

「可笑、可笑、真可笑！你屠殺了我全族，我的家臣！你以為我會忘記這筆仇恨嗎？你真是老糊塗了，神猿大王！」

我愉原將刀一次次揮砍向無法抵抗的神猿大王，成功復仇。

原來我愉原和百一樣，故鄉遭神猿大王掠奪，失去了一切，被迫成為流浪武士。

百不知所措地呆站在燃燒的堡壘中。此時，我愉原將目光轉向百，舔了舔嘴唇。

「喂，那邊的小子。」

「嗚……」

「你也是大王，啊不，是這具屍體看重的人吧。」

「踢躂、踢躂」，隨著我愉原的步伐，傳來令人毛骨悚然的腳步聲——那是踩踏神猿大王的血跡發出的聲音。百被嚇得雙腿發軟，只能癱倒在地，向後爬去。

「你是連百姓都做不成的下等人吧。就在這裡殺了你吧。這可是我的慈悲。讓你這卑賤之身能告別這浮世，你該感到無上的幸福與喜悅！」

我愉原揮起刀刃，朝百劈下去的瞬間。

「大哥！」

突然衝出來的森若，替百擋住了刀刃。

「……森若！」

「真是引人落淚啊。」

彷彿在嘲笑奄奄一息的森若般，我愉原給了致命一擊，了結森若的生命。

「啊……我愉原啊啊啊！」

「生氣了？你生氣了啊！哈哈哈哈！這真是太有趣了！百姓都不如的下等人。你的憤怒讓我更興奮了！」

「我要殺死你！我要殺死你！為森若報仇！我要殺死你！」

「你做不到的。我可是不死之身，因為我就是仇恨的化身。仇恨永遠不會死去。即使殺了仇敵也是如此。」

我愉原一邊狂笑，一邊策馬逃離燃燒的堡壘。百想追上去，卻被崩塌的堡壘牆壓住，失去了意識。

當他醒來時，堡壘已化為一片焦土。堡壘另一頭的山脈，在晨光中顯得格外清晰。地上滿是燒盡的木材與焦黑的屍體，除此之外，什麼都沒留下。

「塵……埃……都是塵埃……什麼都，什麼都沒有了……森若……森若，啊啊……」

百一邊哭泣，一邊在焦黑的堡壘中徘徊。原來，不知不覺間，神猿大王的堡壘也如同故鄉的村莊一樣，成為了百無可取代的歸宿。

「……看啊，百哥還活著！」

「百哥還活著啊！」

「百哥！我們接下來該怎麼辦才好？」

「百哥！」

「百大人！」

「百大人！」

倖存者們發現百後陸續聚集到他的身邊。作為負責分配食物的人，百深受堡壘內的人們敬重，這時他才發現大家十分仰賴他。

「嗯？但，我……我……」

百斷斷續續的話語被「百大人、百大人」的呼喚聲淹沒了。

擺脫人群後，百下定決心，宛如變了個人似的高聲喊道：

「好──！你們！就跟著我吧！」

百的宣言讓留下來的人們面面相覷。但他毫不在意，張開雙臂，繼續對所有人大聲說道：

「這裡有『神斬丸』！是從神猿大王那裡獲得的寶刀！只要有這把刀，我們就絕對不會挨餓！不想挨餓的人，就跟著我！向我愉原報仇吧！我們是不會挨餓的！」

「……哦！」

「……哦哦！百大人！」

「百大人——！百大人——！」

燃燒殆盡的堡壘迎來了黎明。沐浴在晨光中的黑色堡壘，愈加生動而詭異，宛如燒成灰燼的繭。而從這片灰燼中重生的百，像是在領導眾人般，高高舉起握著刀的右手。

伴隨雄壯的太鼓聲，和飄散不祥預感的背景音樂，舞臺的帷幕降下。

第一幕結束。

＊＊＊

「十五分鐘休息時間！」

被寂靜填滿的舞臺，在帷幕垂下的瞬間，轉變成另一座空間。

「唔——我的腳！」

「快拿冰塊來！安齊先生腳抽筋了！」

「辛苦了！運動飲料在這裡！」

「百大人，啊不是，勝先生，請拍一張SNS用的照片！」

「欸，右側的小道具位置怎麼回事！亂七八糟的！」

在舞臺中央，維持百姿勢不動的勝，深深吐出一口氣後放下了刀。直到剛剛都還是『真刀』的道具，由負責小道具的工作人員拿去指定位置。由於第一幕的武打戲大量使用了道具，工作人員將確認是否有損傷、演戲過程中是否有折到等，接著將其放到指定位置，以便在第二幕開始時能準確指示「道具在這裡」。

大口大口嚥下運動飲料的勝，肩膀接連被經過的同事拍了幾次。幾聲「辛苦了」、「辛苦了」、「很棒喔」、「辛苦了」的慰勞聲響起，即使不看臉，勝也知道這些聲音分別來自誰。而當聽到「保持這個狀態」時，勝忍不住轉過頭。

是舞臺總監。

「觀眾們看得開心嗎？」

「嗯。我雖然沒有直接目睹，但從拍攝大廳的攝影機畫面看來，感覺很棒喔！氣氛非常熱烈。還聽到有人在討論明天的票還買不買得到，真的好開心。」

「哇！希望今天的觀眾們也能買到明天的票！」

「就跟你說賣光了。」

「這個我知道啦！」

當勝一劃開笑容，舞臺總監便專注地直視勝的眼睛。當勝意識到眼前的人並不是在看他，而是在看百時，舞臺總監再次開口。

「拜託你了。請堅持到最後。」

「……是。」

「你心中的百在說什麼？」

「……他什麼也沒說。因為光是活著就費盡全力了。就只是在戰鬥。」

「這樣啊。」

舞臺總監笑了笑，接著快步離開。

隨後，當肩膀被輕拍時，勝在轉身前就知道對方是誰。

「辛苦了，司先生。」

「辛苦了。要不要進行最後的確認？」

「好。」

在舞臺總監離開後，兩人首先確認了既有的武打場面，接著檢視了由海斗新增的『即興』部分。「如果有不好呈現的地方，相互確認後視情況靈活應變。」海斗這句話充滿矛盾。因為根本沒有可以確認的時間。儘管如此，若想填補因兩位演員缺席而導致的空白，現在是唯一的機會了。

「這個部分，要是失敗就會是大問題呢。要是有個萬一的話，對不起了小勝。」

「不會失敗的。是我和天王寺先生一起演出的耶，只會成功啦！」

「你也開始會說這種話了呢！」

「畢竟我是座長嘛。」

座長。

指的是劇團的領袖，通常由劇中的主演擔任。

座長的職務內容並沒有被明確規定。主要是關注演員之間的關係、多準備一些慰勞品，關心自己能力範圍內的事務等，這類範疇的事都是座長的職務內容。

勝起初以為座長不是自己而是田山。然而，從英國回來的海斗完全沒有提過「座長」的事。他或許是擔心舞臺劇新人的勝不清楚「座長」一職的職務內容。又或者，海斗可能想要減輕勝本就承受巨大壓力的心理負擔。

可是現在，勝卻享受著這一切。

「司先生。」

「嗯？」

「舞臺……真好呢。真的，非常好。」

「是最棒的啊。」

勝笑了，對方彷彿在說「這什麼話？這是當然的啊」的語氣，讓勝感到十分開心。能置身在將戲劇視作理所當然的事的人群中，並參與能投入全身心的工作，勝真的覺得無比幸福。就像是發現了救命之泉，並被允許盡情暢飲的心情。他想永遠把頭埋在泉水裡。

「希望能再有一百場演出啊。」

「太天真了。首演還行，但到了終場的時候全身都會很酸痛，運動貼布和冰敷袋會變成最好的朋友喔。」

「呃……我還沒想到那裡去。」

「用身體去學習各種事吧！這也是樂趣之一。要再確認一次嗎？」

「要！」

勝和天王寺在舞臺上，邊承受撿拾垃圾的工作人員投來的「你們真礙事」的眼色，邊進行最後確認，彷彿是在檢查編舞的舞者。

「那麼，稍後見。」

「好，稍後見。」

互相砍殺時見，勝在心中如此默念後，天王寺也對勝投以相同的眼神。那個性格耿直的海斗，到底是從哪裡想到我愉原這種角色的？這樣一想，勝不禁覺得有些好笑。

十五分鐘的休息。

住院中的輪島和神崎傳來『很抱歉』、『我的靈魂會飄過去的』的訊息。

工作人員以驚人的速度修復了破損的服裝。

得知森若的周邊寫真已經完售的消息而笑眯了眼時……

「前五分鐘！將關閉觀眾席燈。」

休息時間結束了。

第二幕開始，舞臺上出現了一座堡壘。這座堡壘與神猿大王的堡壘截然不同，四周被黑色牆壁環繞，宛如裝甲車般布滿刺的異形堡壘。

那是百的城堡。

「大將！今天戰績不錯哦！」

「米和衣服多得跟山一樣高！這下我妻子肯定會高興的！」

從堡壘頂端現身的百，身穿黑色盔甲，長髮束成髻。俯瞰流浪武士的臉龐中，幾乎看不見過去的百。百用夾雜著憐憫與輕蔑的眼神，俯視著仰慕自己的流浪武士們。

「做得好。去把賺的分給大家。」

「是！」

百將大聲回應的部下們接回堡壘，自己則走向堡壘的露臺。

此時，百的房間映入眼簾，只見房間裡，擺放著神猿大王那張沾滿乾涸血跡的毛皮，以及無數華麗衣裳和豪奢家具。然而，這樣毫無生活氣息，空有戰利品的房間，顯得空虛荒涼。

「……森若……我究竟該怎麼辦。身邊有伙伴，也不缺錢。連領主們都對我們這個勢力另眼相看。可我卻找不到殺害你的仇人。我到底是為了什麼才做這些事……」

此時，一名隨從衝進百的房裡。

「百大人。河對岸的犬塚組，似乎又發動攻擊了。我們該怎麼辦？」

「……這群野狗。該讓他們知道自己的斤兩了。我親自來！把神斬丸拿來。」

「可、可是，不必特地勞煩百大人出手吧……」

「我說親自上就親自上！把我的刀拿來！」

「是！」

為了排解這豪奢又空洞的房間無法替他排解的抑鬱，百決定外出應戰。以河對岸為據點的流浪武士集團——犬塚組，多次向百的堡壘發動攻勢，可每當準備驅逐他們時，他們總會迅速四散。是擅長游擊戰術的集團。

但這一次卻不同。

「撤退！撤退！」

戰鬥尾聲，首領犬塚企圖逃跑之際，卻發現他們要撤退的對岸處，出現了百手下們的身影。百設下了圈套，提前佔領了犬塚們的「巢穴」。

「還債的時候到了。你有什麼遺言嗎？」

「……你這個混蛋！」

即使被逼入絕境，犬塚仍不放棄，試圖用懷刀殺掉百，卻被百用神斬丸斬殺，犬塚當場倒下。

放聲慘叫並衝上前的，是犬塚手下中最年輕的少年。

「老大！老大！啊啊——！」

少年緊緊抱住被斬殺的犬塚，痛哭流涕。

這名少年的年紀，不禁讓百想像起森若要是還活著會是什麼模樣。

百不想讓人看穿他的動搖，於是離開現場，回到堡壘的房間。

此時房裡出現的，是死去的神猿大王的亡靈。

「嘿，百，你現在已經是流浪武士集團的首領了。可別輕易顯露出動搖的模樣。你可是這座堡壘的支柱，柱子一搖，全都會崩塌。」

「就算你這麼說，但我又不是自願當首領的。一切都是時勢所迫，是時勢害我變成這樣的！不知道，我什麼都不知道！」

「那麼，是神斬丸自己跑去斬殺犬塚的嗎？」

「……」

「你吃的那些飯，是從地上長出來的嗎？」

「……閉嘴！」

「森若的死，難道不是你的責任？」

「閉嘴，閉嘴，閉嘴！這不是我的錯！是我愉原做的！和我無關！」

「沒錯，這一切都不是你的錯。因為你什麼都不知道嘛。百，你這可憐的男人，彷彿活在夢中。」

就在百飽受神猿大王的亡靈折磨之時，擔心百的隨從來到了他的身邊。然而，曾目睹神猿大王被我愉原背叛的他，始終無法完全信任這位關心自己的隨從。

「我們期望的，是百大人能夠回到平靜狀態。希望您的心靈能夠回歸安寧。」

「……」

恢復成只有他一人的房裡，百像是聽見了不熟悉的詞語般，重複著「平靜」這個詞。最後，這個詞變成了森若的名字。

反覆經歷戰鬥的百，突然得知了失去蹤影的我愉原近期會出沒的消息。他的雙眼燃起仇恨之火，派遣手下兵士去蒐集我愉原的情報。發現我愉原似乎打算建立新據點。

當隨從稟報我愉原在阿塔塔拉村附近時，百的臉色變了。

「……村子。」

「嗯？」

「那是我的村子。我出生的村子。」

那是百曾經居住、種植稻米、與友人談心的村莊。

自從被流浪武士擄走後，百就不曾回去過，他很驚訝這座村莊竟然還存在。於是，他以視察敵情為名，不帶隨從，獨自前往村子。百藏好刀，努力裝扮成村民的樣子。

那裡的確是百的故鄉村莊。

然而。

「這裡，以前是不是有個叫百的人呢？」

「百？沒聽過呢。」

「以前有個叫百的男人，和一位姓境的大人租借了田地。」

「我不清楚耶。不過，你是誰啊？哎呀，你手臂上有刀傷。這裡跟那邊也有！你該不會是流浪武士吧？啊，救命，救命！」

村子裡沒有一個人記得百。

他甚至沒見到任何熟悉的身影。

當百被發現並不是住在這附近的人時，男人們逃跑了，女人們則關上門，並將孩子們藏起來。

「……」

這座村莊再也不是百的「故鄉」了。

懷著失落的心情回到堡壘的百，被告知我愉原的軍隊現身一事。百居住過的村子後頭有座山，是搭建陣地的好地方。

「可是，我愉原到底為什麼又回來了？」

「他把西方的土地變成了焦土。現在已經沒有地方可以燒了。他是個尋求鮮血的惡鬼。」

「大人，我們該怎麼辦？」

「百大人，該怎麼辦？」

「百大人！」

即便面對手下的求救，從村莊回來後的百一句話也沒說，就這樣縮在自己的房間裡。

這一次，百首次主動呼喚神猿大王的亡靈。

神猿大王從牆上的猿毛皮內側嬉鬧著出現，但百並沒有笑。

「大王，您到底為什麼會成為流浪武士？」

「是時勢啊。我從來沒想過要成為流浪武士，可當我回過神來就已經是了。猿毛皮什麼的，只是隨便撿來的垃圾。是那接跟隨我的傢伙們，擅自替它賦予意義。」

「……」

「但是呢，百，你想想看。『意義』這種東西，從一開始就不存在。是被創造出來，賦予上去的。沒有人供奉的地藏菩薩真的是地藏菩薩嗎？還是只是一塊石頭呢？你覺得呢？」

「我、我可不是地藏菩薩。」

「但你是神轎。只要有人在抬著你，你就是重要的神轎。你想怎麼做？你想替自己賦予什麼樣的意義？」

「我……我……」

「總之，你就好好想一想吧！在你的夢境結束前，好好想。」

大王不像往常那樣消失在黑暗中，而是宛如活生生的人般，走向堡壘的深處。

百轉身看向接著進房的隨從，開口道：

「喂……」

「是。請問有什麼事？」

「……你的名字，是什麼？」

「是。小的叫朽葉。因為小時候是在腐爛的落葉堆裡生活。」

「……朽葉。」

百打算把自己的刀——神斬丸託付給朽葉。

朽葉起初以為是玩笑話，但看到百認真的神情後嚴正拒絕，接著問百在想什麼。他嗅到一絲不詳的預感。

百笑了，將朽葉的不安一笑而過。

「沒事，只是覺得自己該從夢裡清醒了。」

那晚，百將能揹的武器都揹上，獨自一人離開了堡壘。

而朽葉靜靜望著他的背影，見證了這一切。

百前往的，是他曾經的故鄉。而我愉原的軍隊已經將村莊團團圍住，村民們的性命如同風中殘燭般渺茫。

「這裡真不錯，將會是絕佳的堡壘。各位，今晚就是臨行前的宴會。讓我們在百姓們的血海中，為我們的新旅程獻上祝福吧！」

我愉原的士兵們「哦」的發出了嚎叫聲，然而這些聲音卻逐漸轉為悲鳴。

「怎麼回事！是誰！妨礙我們宴會的無禮之徒！」

此時人潮向兩側分開，出現了百的身影。

百身上揹著許多武器，滿手滿臉都是血，當他發現我愉原後，隨即劃開了駭人的微笑。

「終於找到你了！我愉原！」

「……你，是百嗎？」

「你還記得我的名字啊！還記得我這個要殺了你的人的名字。」

「真令人開心！我差點就認不出你了！大家，可要好好招待他啊！」

我愉原帶領眾多家臣上前。然而，隨著百在戰場上飛奔，他們一個個皆被百擊殺。有人是被刀斬殺、有人是被長槍刺穿、有人則是成了赤手空拳下的犧牲品。

「怕了嗎？我愉原！這些人根本無法阻止我！」

「渴望著鮮血的狼啊，上來這裡吧！你要是想成為我刀下的祭品，我是不會阻止你的。」

我愉原坐在蓋有地藏菩薩社的山丘上，滿心愉悅地觀賞百與自己的手下們互相殘殺的場面。沒有人能贏過強大的百，儘管這場戰鬥已經成為一面倒的屠殺表演，我愉原看起來卻十分開心。我愉原熱愛鮮血，也愛化為焦土的山野。他在一切歸於灰燼的瞬間裡，感受到美的存在。

全身沾滿鮮血的百跨過層層疊起的屍體，朝山丘上走去。我愉原抽出刀，並脫去右半身的衣服。像新月一樣又長又細的刀刃，如冰般閃耀著光芒，讓人難以相信它是把吸食了無數死者鮮血的凶器。

「來呀！」

「啊啊啊啊啊！」

一對一的決鬥開始了。

與百筆直的劈砍不同，我愉原的劍術充滿曲線軌道。他靈巧地搖晃身軀閃避攻擊，隨後像突然抬起頭的蛇般，刺擊、橫斬、砍削對手。兩人交戰的野原上，早已遍佈屍體，也插滿了百用過的武器。天上既沒有月亮也沒有星星，有的只是漆黑的黑暗。

兩人的交戰猶如兩匹狼的狂舞。

彼此之間已無其他，只有你死我活的搏鬥。

當百的衣袖飄然舞動時，我愉原刺穿了那袖子，將其釘在牆上。百手中的刀子隨之掉落，我愉原也捨棄武器，緊緊掐住百的脖子。

「咳、咳……！」

「怎麼了？就這樣結束了嗎？讓我盡興吧！讓我玩得更開心吧！」

像是順應我愉原的聲音般，百猛然使力掃過我愉原的腳，把他絆倒後咳嗽著重新拾起刀。

「我愉原，你的夢已經結束了。現在就醒過來吧。」

「還早還早！還沒結束呢！這宛如地獄般的世間，正是我的夢！」

兩人決鬥著，無休無止。

刀刃若斷，便拾起下一把；刀刃若飛，便滾地拿取新武器，不給對手絲毫破綻，如野獸般互相攻擊。

「我愉原！」

「百！」

我愉原和百同時擊中了對方，看似同歸於盡。

然而。

「呃……呃……」

百站了起來。

用刀當作拐杖的百，邊呻吟邊邁步。百打算爬上丘陵，爬上有地藏菩薩社的地方。

夜色開始消退。

漸漸地，百再也走不動了，他四肢著地，靠手臂的力量移動。即便如此，他也沒有停下。

淡紫色的夜空逐漸染上橘紅色，接著轉為橙色的曙光，當光芒變成金黃色之際，百終於來到了丘頂。

「……長夜，結束了……」

耀眼的晨光填滿舞臺的同時，百的夢境也結束了。

帷幕無聲地垂下。

《百夜之夢》迎來了終幕。

＊＊＊

帷幕完全落下後，勝縱身躺到丘陵上，並開始放聲大叫。

「啊、啊——」的喊叫聲從腹部深處發出，無法停止。淚水流了下來，鼻涕也流了出來。過度的興奮讓體內某種儀表似乎快要爆掉了。

「哇、哇——哇啊——！結束了……！」

「要死了。真的要死了。我死了。要死了。」

冷漠的我愉原模式消失，對著掩飾不住憔悴的天王寺，勝呼喊道：

「司先生快起來，起來！再一次！我真的是開心得要死！」

「大叔已經累死了，就讓我躺著吧。」

「你們兩個都快點起來！現在馬上！要準備謝幕了！」

「天王寺先生和二藤先生請換裝！」

即使帷幕落下，戲劇也尚未結束。還有名為謝幕的演員問候時間，正等著他們。

意猶未盡的觀眾們朝舞臺送上了熱烈的掌聲。

勝在換衣服的同時豎耳傾聽那如耳鳴般、也如浪花般的掌聲，忍不住露出笑容。

「……他們看得很開心呢。」

「對啊，真的超棒的。」

「真的嗎？」

「我在舞臺側邊看了。沒想到有這麼多即興演出。」

「總算是應付過來了呢。」

勝用笑容蒙混過去。

起初，要與天王寺一起演出的即興橋段只有三個地方，但演出時發生了幾次意料外的插曲，迫使演員不得不插入即興演出。勝的刀掉到地上的時候，是插曲中最大的危機，要是我愉原沒有掐住百的脖子，按照原本的橋段拔掉刀，劇情很可能就會變調。

「……等一切結束後，想送天王寺先生啤酒之類的禮品。」

「最好別送精釀啤酒喔，聽說他因為廣告代言所以收到了一年以上的量。」

「啊，原來還有這樣的情報。感謝提供。」

此時掌聲突然變得格外響亮。

因為帷幕再次升起了。

最先出來謝幕致意的，是扮演村人、流浪武士以及我愉原的部下等，沒有臺詞但依然在舞臺上活躍的演員們。當他們準備彎腰鞠躬時，掌聲變得更大。勝邊卸去血妝邊在舞臺側邊送上掌聲。

接著出場的是環境演員們。表現活躍的安齊被推到舞臺中央向觀眾鞠躬致意。勝持續拍手的同時，心中不禁猜想輪島和神崎應該也很想在首演日站在那個位置吧。

「準備好了。」

「謝謝。那我就在這待機。」

飾演朽葉的芝堂匠。

以神猿大王姿態現身的田山，以及飾演森若的響。

謝幕順利地進行著。

當飾演我愉原的天王寺登場時，掌聲中還夾雜了歡呼聲。勝邊想著「剛剛真的很帥」，邊等待指示。

此時，所有演員朝舞臺左側伸出了手。

勝緩緩現身了。

那一瞬間，勝看到了。

整場觀眾，從前面依序一起站了起來。在此期間，觀眾們仍持續鼓掌著。

彷彿不拍手就會死去般，大家都不斷拍著手。

勝看到了，最前排的相關人員們飛揚的神采。

勝看到了，第三排的女孩哭泣的模樣。

也看到了，坐在中間的兩位女性觀眾，為了看勝的臉而準備望眼鏡的樣子。

彷彿整場觀眾的視線，全都投向了勝。

他走到舞臺中央，張開雙臂，像是要將歡呼聲緊緊收在心中，接著彎腰致意。

重複了三次同樣的動作後，勝微笑著向觀眾做了個「稍等」的手勢。

然後跳下舞臺左側。

帶著海斗回到舞臺。

掌聲瞬間變得如怒吼般熱烈。高呼著「BRAVO!!BRAVO!!」彷彿觀賞歌劇般的喝采聲，以及喊著「鏡谷、鏡谷海斗！」猶如在欣賞歌舞伎的叫好聲。各種聲音交織在一起，使掌聲形成了一股奇特的聲流。

接著，舞臺側邊也傳來熱烈的掌聲。

服裝工作人員、計時員、製作、大道具、小道具、燈光負責人，所有有空的工作人員都向演員們送上了掌聲。

與《門》的舞臺問候時一樣，海斗穿著樸素的黑色西裝褲和白襯衫，被勝牽到舞臺中央後，他迅速而簡短地鞠躬，隨即加入橫排的演員隊列中，和勝與田山手牽手，朝觀眾邁出一步。

接著，鞠躬致意。

海斗在第一次謝幕結束後便退場了，之後，勝他們重複了五次謝幕。帷幕每一次的升降，連結了觀眾席和舞臺。

當帷幕最後一次落下時，勝用嘴型輕聲說了謝謝。

謝謝各位。

在他深深鞠躬時，帷幕落下，再也不會升起了。

明天見，勝小聲低語。

「辛苦了！」

「辛苦了！明天也請多指教！」

「鏡谷先生、二藤先生，贊助商來打招呼了。可以的話，也想請天王寺先生一起。」

「好的，給我兩分鐘。我整理一下儀容。」

海斗和勝站在天王寺的休息室前等待著。

汗不管怎麼擦依然不斷冒出，於是勝把白色毛巾掛在脖子上。他已經脫去百的服裝，換上運動服，腳踩著運動鞋。

在勝開口搭話前，海斗突然舉起手指著某處。

「……那個。」

「欸？」

「那究竟，是怎麼回事？」

海斗指向勝的休息室，準確來說是休息室的入口。藤色的布簾掛在那裡。

「啊，那是田山先生給我的驚喜。我真的嚇了一跳。」

「……是藤色啊。」

「他說因為我姓『二藤』所以這樣設計了。」

將白布染上藤色的布簾上繪有兩串藤花，布簾中央的切口兩側各垂掛一串藤花，中央的「勝」字則像豆腐店的屋號般被圓圈圈起，保留了布料原本的顏色。

「我希望能常常用到那個。」

「……」

「我想演各種戲劇。」

勝帶著微笑看向海斗。

而海斗對那抹笑容回以的表情，卻宛如面無表情的惡鬼。

彷彿在說「啊？」

「……你說這話之前，應該知道我們之後還有十四場公演吧？」

「嗯？當然啊。」

「那就專心做好眼前的工作，笨蛋。」

宛如在預告之後會有源源不斷的工作。

海斗留下這句話後，逕自往製作人等待的方向走去。

當勝猶豫要繼續等天王寺還是跟著海斗走時，穿著黑色T恤的工作人員跑了過來。

「二藤先生，有訪客找您。」

「啊，現在嗎？不是贊助商嗎？」

「是一位姓篠目的先生。他說只要跟您說他的名字，您就會知道了。」

儘管勝慌得心臟差點要從嘴裡跳出來，但他仍努力壓抑自己的心情。就在這時，整理好儀容的天王寺走了出來。

「等久了，走吧……怎麼了？」

「沒有，沒事。」

「要幫你做掉嗎？」

「請把我愉原收好。對不起。能麻煩您跟他說『稍等一下』嗎？請不要讓他離開，我一定會去見他。」

「我明白了。」

工作人員轉身跑了出去。

接下來的二十分鐘裡，製作人和《百夜之夢》的贊助企業關係者對勝的演技和海斗的劇本讚譽有加。清見製作人搭配肢體手勢，不斷強調這部作品非常有趣、令人動容，十分出色，最後緊緊抓住海斗的肩膀。

「鏡谷海斗，能遇見你真是我的榮幸。或許我就是為了遇見你而生的。」

「……啊……喔。」

「如果之後還能一起工作的話，那就再好不過了！」

「計劃還沒確定……」

「沒關係，請讓我全力支持你。」

尾聲時，現場突然變成「鏡谷海斗吹捧會」，勝將海斗從這個地方拖了出來，他邊道謝邊走回休息室。而天王寺則在一旁笑著。

「太好了！小勝，都沒有人提到今天是你初舞臺的事吧？大家肯定都看到忘了。」

「如果真的是這樣就好了。」

「別擔心。你的演技是貨真價實的，已經沒有人在乎你到底是不是第一次演舞臺劇了。」

海斗的話宛如一劑強心針。

就像拿到一張能包裹即將破碎的心的毛毯般令他感到慰藉，勝點了點頭。

「……謝謝。那我離開一下，外面有人在等我。」

「長話短說，記者還在盯著你。」

「好。」

勝聽進了天王寺那看似訓誡、實際上滿懷關心的話語，隨後跑了起來。

連接觀眾席與後臺入口處，身穿黑色T恤的工作人員正在那裡等他。

而他的身後……

「……小幸。」

那位穿著牛仔褲和休閒T恤的男子，與勝最後見到時相比，身材略微健壯了些，並不是變胖，而是肌肉更加結實了。

和拍攝《海洋救世主》時相比，壯了一圈的篠目，雙腳穩穩站著，一見到勝便露出笑容，同時也流露出快哭的神情。

「現在……小幸在做什麼？」

「在一間武打演員的培訓公司裡，做著類似教練的工作。非常有成就感。不過，勝，你好厲害，真的好厲害。」

「……這代表，戲看得開心嗎？」

「當然啦！我看哭了。我還是第一次看武打戲看到哭。雖然劇本也很棒，但我是因為你，因你那作為「百」而活的模樣哭的喔。」

「太好了……」

「勝，對不起。」

篠目低下了頭。

勝搞不懂現在是什麼情況，陷入了驚慌，篠目抬起頭哽咽說道：

「我……最後一次見你的時候，有說一些話對吧。像是『要變得更出色喔』、『要接更多工作喔』之類的。」

「啊，啊……是『要成大業』。」

「就是這句。現在想起來，我對你感到非常抱歉。勝真的太善良了，我明明知道說那種話一定會害你放在心上，卻還是忍不住想說些什麼，我一直很後悔。」

篠目說了聲對不起。

再次低下頭。

這時，工作人員在勝的耳邊提醒道：「再不走就麻煩了。」

勝抬起篠目的頭，摟住他的肩膀後張開雙臂擁抱了他。

「多虧你那句話，我才沒有逃避。謝謝你，小幸。謝謝你原諒我。也謝謝你讓我遇見海斗他們。」

「……勝，你好像變得不一樣了呢。」

「可能是因為有在演戲吧？」

「我們下次一起去喝一杯吧！雖然海洋救世主的成員有很多都出國留學了，但還是約得到一些人。」

「我很期待。」

與篠目道別後，勝打算回休息室待著，此時，他忽然停下了腳步。

即將關閉的大廳傳來一陣對話聲，似乎是兩位正要離開的女孩子。

「桃子，桃子，好了啦，你哭太慘了。」

「因為……我的推……他在最閃耀的時候……就在最閃耀的時候死掉……我除了哭還能怎麼辦？我哭到快吐了。」

「二藤勝是我的推好嗎！哎不過同擔也沒差，我們去找間家庭餐廳吧？去那邊聊。」

「聊一聊！真的是棒到我毛孔都張開了！真的好厲害，明明是個會死掉的故事，卻不僅僅只談論了死亡，更是關於活著的故事呢！」

「是啊。演員們也充滿生命力。長篇感想應該要過一段時間才會上傳到SNS吧？等不及了啦……天王寺的粉絲現在都瘋了呢，都在嚎『我推帥死我』。」

「我懂。我愉原雖然很可怕，但又有點可愛呢。」

「不過最可愛的還是……」

「森若！」

「對吧！」

漸漸地，談話聲越來越遠。

勝把耳邊的聲音珍藏在心中，他將手放在胸口上，再次朝休息室走去。從明天開始，將連續三天每天舉辦早、晚兩場的演出。忙碌的日子即將展開，今晚還有一場提振士氣的聚會。

「是夢……我正活在夢裡呢。」

《百夜之夢》。

第一次收到劇本時，他還不太明白這個題目的含意，但現在的勝似乎開始明白了一些。

讓他不禁希望，可以的話，他希望這段如夢一般的日子，可以持續一百天。

＊＊＊

《百夜之夢》的門票已經變成極難入手的白金門票，公演期間決定將終場同步做現場直播。然而，直播門票的購票戰況也十分激烈，部分電影預約網站的伺服器甚至出現癱瘓的狀況。

十五場公演。

自第二場公演回歸的輪島和神崎也加入後，劇團成員們每天都在這如夢般飛逝的戰場中，持續奔跑著。

當最後的帷幕落下時，勝感覺到自己心中也有一道帷幕悄然落下。

之後，再也見不到百了。

一想到這，勝就悲傷得不可自拔，但心中卻也有鬆了一口氣的感覺，他覺得自己有點可笑。

帷幕落下時所見的景象，是全場觀眾的起立歡呼、白色與金色的照明打下來的光，以及驚喜安排的大量金色紙花。勝覺得這就是百在生命最後看到的朝陽。

當帷幕正要閉合的瞬間，勝緩緩閉上眼睛。

那似乎是對百「道別」的儀式。

帷幕完全閉合後，緞帳內測的喜悅隨之爆發。儘管首日發生了突發事件，但所有公演都順利完成了，沒有人受傷、沒有人辭演也沒有演員醜聞。就像是完成了一場在湯匙上放著雞蛋跑完全程的比賽，工作人員們都非常高興。

「辛苦了！」

「辛苦了！二藤先生，方便的話請拍張照！」

「勝先生，這邊也想請您拍照！」

在工作人員和演員們互相擁抱之際，有人從舞臺側邊走了出來。

是清見製作人和海斗。

兩人「啪啪啪啪」的掌聲，獻給以勝為中心的所有人。

「《百夜之夢》，東京公演結束，恭喜大家！」

製作人的話，讓大家都感受到了一絲不尋常。

彷彿看穿了大家的心思般，製作人提高了音量。

「我們正在計畫《百夜之夢》明年的凱旋公演！到時候將在東京和大阪兩地公演！而且會舉行多場同步直播！」

這時。

大家都發出「哇——」的驚嘆聲，並再次送上掌聲。

從製作人身後走出來的海斗舉起雙手，示意大家安靜。就像在摩西面前讓開道路的海一般，帷幕內瞬間安靜了下來。

鏡谷海斗鄭重地開口說道：

「……大家好，我是二藤勝。很抱歉我這麼帥。」

片刻寂靜後，帷幕內爆發出一陣笑聲。

海斗竟然開玩笑了。

那個海斗居然說了玩笑話。

光是這一點就讓一切變得搞笑不已，就連田山也笑了出來。

「嗯……開玩笑的，我是鏡谷海斗。這次公演能夠順利結束，完全要感謝大家的幫忙。真的非常感謝大家。還請大家繼續用名為舞臺劇的藝術，替未來帶來光明。我也會竭盡全力……之後也會繼續創作。以上，真——的！非常感謝——！」

海斗在最後大聲呼喊，並深深鞠躬，他隨即被溫暖的掌聲包圍。

大家都愛著這位從自己內心深處挖掘出這篇故事的最大功臣。

勝走向海斗，讓他抬起頭來，並像裁判舉起優勝拳擊手的手般，高高舉起他的右手。

舞臺上的人們發出歡呼，祝賀海斗和勝兩人。

勝瞥了海斗一眼，海斗也同樣看著他。

在滿是金色紙片的眼鏡後方，似乎能看見海斗微微笑著。

被各個相關人員要求簽名和合照的時候，勝突然注意到有一道高大的身影朝海斗走去。

是輪島。他正流著淚。

「……海斗先生。」

「輪島啊，怎麼了？需要衛生紙嗎？」

「……真的非常感謝您。我，那個時候，就算斷送掉演員生涯也不意外。而您還願意幫助我……」

「雖然我不太記得發生了什麼事，但你是名很好的演員。有沒有你在，整個舞臺的密度完全不一樣。」

當海斗面無表情地說「要是學到教訓了，以後演出前就不要吃生食」時，輪島哭著哭著就笑了起來。

「好的。我會注意的。還有……還有……」

「還要注意別遲到。」

「好的。是沒錯，但是……」

「我能告訴你的大概就是這些。」

「……海斗先生，您是我一生的恩人。」

勝注意到海斗突然被觸動的神情。輪島用手背擦去淚水，燦爛地露齒一笑。

「多虧這次的舞臺劇，我也還清了無謂的債務。當時，我差一點就變成爛泥了。雖然演員這份工作並不輕鬆，可當我一去思考未來要怎麼活時，我就還是，還是想繼續站在舞臺上。我不想輸給扭曲又善妒的自己，想抬頭挺胸地往前看。能有這種想法……真的……都是多虧了海斗先生，真的很謝謝您。」

「真是驚人的表達能力。要不要試著寫劇本？」

「不、不要啊！」

看著輪島和海斗被笑聲包圍，勝靜靜地笑了。

經歷如狂風般接二連三的紀念照拍攝後，勝著手幫忙收拾道具，直到被告知差不多可以了，他才終於回到自己的休息室，就在此時。

「嘿，阿勝。」

從布簾的縫隙中，田山的臉探了出來。

勝都還沒招呼，換回黑色衣服的神猿大王便大步走進了勝的休息室。

「『大王，您到底為什麼會成為演員？』」

勝改編了百的臺詞問道，田山則靜靜聳了聳肩。

「這個嘛，那都是隨緣而行。我家本來就是做這行的，但我因為品行不佳被丟進了電影圈。之後就這樣走著走著……最終來到了這裡。你覺得怎麼樣，阿勝？」

「……」

「初次登臺，感覺怎麼樣？」

田山似乎上了粉底。並不是還沒卸掉舞臺裝，而是為了遮掩蒼白的臉色才上粉底。除了勝，有些工作人員也有注意到這一點，但除非田山自己說出來，否則沒有人會隨便傳開。

勝笑了，直視田山的臉。

「很開心。開心得全身都在發抖，真的太棒了。」

「是嗎？那你應該是我愉原那一型的。」

「什麼？」

「我認為那場戲中，最大的贏家就是我愉原。」

他繼續說道：「直到最後，我愉原都是在快樂的狀態下死去的。」

田山那塗滿單色粉底的臉上，浮出一抹不屈的笑意，笑意轉化成笑容。

「我啊……得了胃癌。已經擴散得差不多了，雖然能『延遲』但無法康復。我之後要引退到鄉下，過普通的療養生活。再也不能演戲了。這是真正的最後一場舞臺。」

「……原來如此。」

田山的話重重壓在勝的心頭。想起互動研習時那不認真的態度、頻繁的遲到和早退，以及海斗對這些全都不予責難，若都是因為就醫和治療的緣故，那一切都說得通了，實在令人悲傷。田山露出了笑。

「我跟製作人提了無理的要求，請他讓我加入這齣都是年輕人的戲劇，像這麼有趣的排練現場，別說是好久沒遇過，或許該說是第一次碰到呢！阿勝，你是個很棒的演員，第一次看到你的時候還有點擔心，但現在你已經蛻變了！」

「……」

勝的心中被種種情緒填滿。光是再也見不到神猿大王，這位如另一個百的存在就很難過了，現在得知再也見不到田山，讓他更是痛苦，甚至還像對答案般，得知了吐血的理由。勝原以為田山會帶著冷酷的微笑，擺出「誰管你」的態度默默離開。

但田山卻是以活生生的姿態，從正面直視著勝。

「幫我和凱旋公演的神猿大王問聲好啊。但別忘了，原版是我。是我，田山紺戶。」

「……這是當然的啊，大王。」

「哭什麼，真是沒禮貌的傢伙。明明是我這個快死的人身體更痛吧，忍耐可是禮儀呀。」

勝勉強地答應後，擦去了眼淚。

勝抬起頭來與田山對視。

「我有看田山先生的電影，然後做了一些研究。想從中學一下武打跟華麗的砍法。」

「喔？那有幫助嗎？」

「完全沒幫助……！」

田山開懷大笑了起來。臉上露出「果然如此」的表情，勝也被感染情緒，總算笑了出來。

「但我，真的很喜歡田山先生的演技，非常喜歡。」

「哦，真的嗎？」

「電影裡有很多看起來很愉快的演出，我也想變成那樣的演員。」

「應該沒辦法吧？我更有男人味啊。」

「或許是吧，但我會努力的。」

「……嘛，想做就做吧。『夢』的時間是有限的，轉瞬即逝啊。」

「好！」

當勝低頭道謝後，田山紺戶便穿過布簾走出了休息室。當工作人員問田山去不去慶功宴時，他答道「我要回去了」。勝想追上去，但他卻無法動身，因為他沒自信不會哭出來。

正在用備品的面紙用力擤鼻子時，休息室的牆上傳來敲門聲。

「請進。」勝應道。

進來的是海斗。

「辛苦了，勝。」

「辛苦了，海斗！怎麼了？」

「……我有話要說。」

勝點點頭。海斗的臉色比平常還要陰沉好幾倍，但眼神卻十分認真。

他似乎懷著什麼難以啟齒的事，帶著決心而來。

勝讓他坐下，而海斗坐上椅子後，沉默了足足五分鐘。接著……

「……關於高中的事。」

海斗突然開始說話，讓勝有點驚訝，為了不被看出來，他喝了口水。

海斗一點一點地，慢慢說道：

「你……演戲，其實不是第一次吧。」

「嗯？那當然，我以前上過電視啊。」

「在那之前。」

「『在那之前』？」

海斗低聲回道：「高中。」

高中、演戲，勝翻找著回憶的索引，突然「啊」了一聲，恍然大悟般點點頭。

「學生會長致辭。在迎新會時表演的小劇場。」

「就是那個。」

那只是場不足掛齒的戲劇。在迎新會上，擔任學生會長的勝作為學生代表在發表祝詞時，舞臺側邊突然衝出一位「不良少年」，叫嚷著「辦什麼鬼歡迎會」後開始鬧事。勝帥氣擊退他後，舞臺另一側又出現了「手機不離手的女學生」。勝和她確認了在校使用手機的規定後，禮貌地請她退場了。而最後登場的是「教務主任」本人，他抱怨教職員室需要一臺能正常運作的冷氣，對此勝只能無奈地回應，這事他也無法解決，引來了笑聲。

這就是全部的劇情。

「那個劇本，應該是當時的學生會副會長小倉寫的吧？」

「你竟然知道啊。」

「我當然知道，因為那不是他寫的。」

「……咦？」

「是我寫的。」

勝驚訝地瞪大了眼睛。

坐在椅子上的海斗，臉上不由自主泛起紅，結結巴巴地繼續說道：

「是被硬塞過來的。他說：『你不是有在寫東西嗎？當個代筆作家吧。』，我到現在也不確定他是想幫我，還是單純想把討厭的工作丟給我。那時候我簡直不敢相信，因為演出的人可是你。就連我，也知道你是全校最受歡迎的人。更何況你曾多次想幫我。當時我就常想，要是能和你成為朋友，那該有多好。」

面對讓人目瞪口呆的話語，勝拚命想擠出話回應。

「……當時，如果有跟我說的話……」

「當時的我怎麼可能做得到呢？我那個時候只是個快被自尊壓垮的十六歲高中生啊。不過，回想起來，從那時開始我就在筆記本裡寫一些像劇本的東西了……還把看不順眼的同學寫死了，雖然現在看來，那些東西連劇本都算不上，但當時我還是第一次完成了『要是不寫會死不瞑目』的稿子。畢竟有最棒的演員要演嘛，一定要寫出有趣的東西。」

「……海斗。」

當勝輕聲呼喚後，海斗莫名露出得意的神情，從鼻子發出哼聲。

「我的第一部『劇本』，不折不扣，正是迎新會當時的戲劇。二藤勝，對我來說，你才是我的第一位主演演員。」

「……」

「演出結束後，我聽到你誇獎了副會長。『謝謝小倉，真是太有趣了。你很有天賦，絕對有天賦。要不要考慮當個劇作家？』，你可能不記得了，但你就是在更衣室附近的走廊上，一字不差地說了這些話。」

勝無言以對。

海斗和往常一樣，用缺乏情緒的臉，平靜說道：

「我就是靠這句話活下來的。」

「……海斗。」

「毫無疑問，你是我的救命恩人。無論你本人有沒有這個自覺。」

在勝仍啞口無言的時候，海斗再次張開了嘴，卻又欲言又止，沉吟一會兒後，才再次開口：

「那個……雖然有點老套，但我真的，非常感謝你。真的。很謝謝你。為了能和你共事，我做了十足的努力。在我去英國留學的期間，得知你出演的《海洋救世主》即將播出時，真的是難過得快死了，後來知道有網站開放海外收看時，總算得到了點安慰。當然只有實時播放，差點就被時差整死了，但還好沒有撞到上課時間……」

「就、就為了這種小事……」

海斗嚴肅地抬頭瞪著勝。雖然他在生氣，但那孩子氣的表情反而讓勝感到安心。

「『這種小事』足以拯救一個陷入困境的人。那瞬間就像是做夢一樣。我第一次覺得去那所高中是值得的。於是我下定決心，要成為一個劇作家，當一個創作戲劇的人。在那之後，我突然覺得堅持那只是『爭執』而硬撐下去簡直太過愚蠢。為了不讓爸媽擔心我才什麼都說不出口的，但比起面子，未來的夢想更重要，所以我才能好好提出『因為太痛苦了，我想快點轉學』的請求。因為全校的人都知道你想進演藝圈，我就在想，我要是也能在那個領域活躍的話，也許我們某天會在某處再度相遇。」

似乎再也忍耐不住般，海斗猛地推開椅子站了起來。勝也糊裡糊塗地跟著站了起來。

海斗朝勝伸出手。

「那個……真的，非常感謝你。謝謝你。無論說多少次謝謝，都不夠表達我的感激之情。」

勝抓住他的手，緊緊回握後，把他拉進自己的懷裡。

「你剛剛說的，全都是我想說的喔，海斗。」

「……」

「謝謝你。」

「……還有一件事，我也想感謝你。」

海斗輕輕離開勝的懷抱，清了清喉嚨後開口。不知為何，露出了不可思議的神情。

「我覺得……『很開心』。」

「咦？」

「我呢……先不論寫劇本，關於導演的工作，我一向沒有特別的感觸。只覺得那是寫劇本的人該去執行的事，從來沒有感覺到『開心』或『幸福』。只覺得『人手不足，這也沒辦法』。但……這次卻……」

海斗停頓了一下，皺著嚴肅的臉「嗯嗯嗯」地低語後，將目光瞥向勝。

接著展露了笑容。

嚴肅的表情很明顯地崩解了。

「很開心。」

「……」

「說來奇怪，總覺得在排練場裡多了一群新家人。《門》的成員都是大學時期的朋友，所以我從未對他們有過這種感覺。但這次竟然能在初次見面的劇組成員身上感受到一種親切感，這讓我很意外。由自己說出口好像有點奇怪，但我知道自己並不是『無條件就會喜歡人』的類型。」

「……我很開心喔。」

「看得出來。」

「輪島先生也看起來很開心呢。」

「我到現在還是很恨那些亂寫你報導的記者，也沒打算原諒他們，但輪島確實是一位好演員。我很期待他的發展。有機會的話，也希望能再次和他合作。幸好那次無聊的事件沒毀掉他的前途，這一切也多虧了你的幫忙。」

「那是你努力後得來的結果好嗎！我根本沒做什麼。大家都很喜歡你啊。不但喜歡，還很感謝你。小響也是，他說他很喜歡海斗呢。」

「……我還不習慣被人喜歡。」

「那就習慣起來吧。你可是鏡谷海斗，以後肯定會一直被喜歡的。」

「無論是劇作家還是導演，都沒有一定得被演員喜愛的必要性。」

「即便沒這必要，大家還是會喜歡上自己喜歡的啊，就像你的戲一樣。」

「……」

「你很開心吧？那不就夠了嗎？」

海斗再次擺出那張沉思的面孔，一陣碎念後，他嘆了口氣。

「……嗯，也是。」

勝拍了拍海斗的肩膀，而海斗也回拍了他的肩膀。

勝的心情輕鬆愉快，但海斗卻莫名地，再次露出怪異的神情。

是撲克臉，但不是往常那個要笑的時候會出現的「微妙表情」，而是雙頰帶著些許紅暈的模樣。

「怎、怎麼了……？」

「話還沒說完。那個……就是說……」

「喔、喔。怎麼了？」

沉默了一分鐘後，海斗用彷彿從身體裡擠出來的聲音說道：

「……如果未來還能一起工作……我會、非常開心。」

「這句話應該是要我說的才對！海斗！多多指教啊！」

「啊，太好了。」

看到海斗一副如釋重負的樣子，勝忽然想起了什麼。

「……那個，如果這個問題不好回答的話，你可以不用說。」

「什麼事？」

勝說出自己和海斗久別重逢當天，在《百夜之夢》記者發表會上，從兩位與自己擦身而過的男人口中，聽見編劇為了讓自己當主演而做了某種交換條件的事。

「這件事是真的嗎？」

當勝一這麼問後，海斗聳了聳肩。

「那應該是KPP的高層吧？雖然這不完全錯，但我不覺得是被強迫的，算是一種交換吧。他們只是提出『要不要寫看看這種內容』之類的建議而已。」

「『寫看看這種內容』……？」

「不管是什麼企畫，我都很想和你一起共事。我把這個訴求告訴製作人後，他說

『那麼乾脆徹底走娛樂路線，做點類似武打戲劇的東西怎麼樣？』」

「……等、等、等、等一下，那是什麼意思？」

「我早就說過了，這是量身定做的劇本啊。不管是『百』還是這部戲。」

勝突然感覺眼前一暗，腦中浮現出《白鶴報恩》這部童話。白鶴化身成人，來到救了自己的男人面前；高中時期遭受霸凌的少年，化身成才華洋溢的劇作家，來到曾經給自己勇氣的男人面前。

「這也太重情重義了吧……！我、我驚訝到說不出話來！」

「會嗎？對我來說不算什麼，你可是我的救命恩人啊。」

「要是……我半途而廢，呃，雖然不太可能這樣，但如果我演技爛到不堪入目，那你該怎麼辦？」

「我比任何人都清楚，這種事情是不可能發生的。我看了《海洋救世主》五遍以上，對你的動作和演技風格都瞭若指掌。另外，你劍道部時期的模樣，我也是有好好觀察過的，所以能推測出你的成長軌跡。況且，我在英國學了很多東西，任何情況都能應付的。」

「雖、雖然很開心，但說實話有點可怕啊海斗……！」

「很常被這樣說，但比起不能和你說『謝謝』，這根本不算什麼。」

海斗露出有些賭氣的模樣。

「……」

勝忍住笑意，用平靜的聲音說道：

「謝謝你，海斗，謝謝你相信我。」

當勝這麼說後，海斗抬起頭，輕輕吐了口氣。

海斗的臉上，綻放出勝至今見過最符合「微笑」的笑。

「……哎呀哎呀，我感覺自己總算履行了和高中時期的自己許下的承諾。」

兩人相視一笑時，外面突然傳來「咚咚咚咚」的急促敲門聲。

探頭進來的是一位計時員。

「不好意思——撤場時間快到了，還請加快動作！」

「該走了。外面還有工作人員等著呢。」

「這種事早點說啊！糟了，要趕緊收拾才行！」

勝迅速收拾起休息室，最後將印有兩串藤花圖案的布簾小心取下，和百元商店買來的伸縮棒一起收進包裡。

他夢想著，這塊布簾有天能再度掛在某間——雖然還不知道是哪裡的某間休息室門口，然後離開了劇場。

＊　＊　＊

《百夜之夢》的評論在各大雜誌、報紙、網絡雜誌上都廣受好評。評價越高，買不到票的人們的哀嚎聲就越大。

然而，隨著擴大直播觀看範圍，以及宣布將舉行凱旋公演後，哀號聲逐漸轉變為歡呼聲，而歡呼聲則化為讚美。舞臺劇雜誌的〈年度最佳舞臺排行〉特輯中，鏡谷海斗的名字名列前茅，而「備受矚目的演員」榜單上，也出現了二藤勝的名字。

然後。

「那個，您是二藤勝先生嗎……？」

戴著墨鏡走在街上的勝突然被人叫住，他停下腳步。站在他面前的是一名年輕女性，她緊握著雙手，緊張地努力說話。

「請、請繼續努力演戲！我會一直支持您的！還有，我買了您代言的阿波羅服飾的運動服……！恭喜您連任了形象代言人！」

「謝謝妳。」

拿下墨鏡，露出微笑後，勝搭上了計程車。他摘下帽子，打開手機，把經紀人發來的新工作通知放在一邊，然後聯絡了海斗。

『我剛剛在路上遇到百夜之夢的粉絲，超開心。』

『好期待凱旋公演啊——』

不到一分鐘，海斗回了簡短的訊息。

『排練中』

勝笑了。海斗總是會回他訊息。

『了解。再一起去喝一杯吧！』

『一起作更多夢吧！』

勝發送完訊息後，海斗只回了一個不開心的表情符號。當勝正笑出聲時，計程車司機開口了。

「客人，您看起來很開心呢。」

「是啊，我剛剛在跟工作伙伴聯絡。」

「和工作伙伴聯絡還能這麼開心嗎？真是特別啊。」

說完司機就笑了起來，勝也跟著笑了。當車子暫停時，他將目光投向窗外的景色。

高樓大廈、行人、推著嬰兒車的母親、揹著綠色後背包的自行車騎士。

以及巨大的廣告看板。

其中一塊廣告牌上，赫然寫著鏡谷海斗的名字。

『**鏡谷海斗作《百夜之夢》東京・大阪凱旋公演　主演：二藤勝**』

這是以紅黑色為基調的《百夜之夢》彩色廣告招牌。

「司機先生，請問我能開一下車窗嗎？」

「請便。」

勝搖下車窗，想用手機的相機拍下紅黑色的廣告招牌，但就在那瞬間，車子又開始行駛了。結果手機裡的照片變得模糊，景色也迅速從眼前飛逝。

勝露出苦笑，將手機收回懷裡。

「……」

希望之後還有機會拍到新的廣告。

想着這件事的勝，笑著將整個身體靠在計程車的後座椅背上。

參考文獻

『舞臺技術的共通基礎：致所有參與公演的人』
劇場等演出空間運用基準協議會（flick studio）
『靈魂演技課：成為閃耀的演員！』
斯特拉·阿德勒（Flim Art社）
『戲劇製作人這份工作：「第三舞臺」「劇團☆新幹線」為何成功』
細川展裕（小學館）

高寶書版集團
gobooks.com.tw

LN016
升起我們的帷幕
僕たちの幕が上がる

作　　者　辻村七子
譯　　者　Rei
封面繪圖　TCB
編　　輯　李雅媛
美術編輯　彭裕芳
排　　版　彭立瑋
企　　劃　賴麒妃

發 行 人　朱凱蕾
出　　版　三日月書版股份有限公司
Mikazuki Publishing Co., Ltd.
地　　址　臺北市內湖區洲子街 88 號 3 樓
網　　址　www.gobooks.com.tw
電　　話　(02) 27992788
電　　郵　readers@gobooks.com.tw（讀者服務部）
傳　　真　出版部　(02) 27990909　行銷部 (02) 27993088
郵政劃撥　19394552
戶　　名　英屬維京群島商高寶國際有限公司臺灣分公司
發　　行　英屬維京群島商高寶國際有限公司台灣分公司 / Printed in Taiwan
Global Group Holdings, Ltd.
法律顧問　永然聯合法律事務所
初版日期　2025 年 3 月

國家圖書館出版品預行編目 (CIP) 資料

升起我們的帷幕 / 辻村七子著 ; Rei 譯 . -- 初版 . -- 臺北市 : 三日月書版股份有限公司出版 : 英屬維京群島商高寶國際有限公司台灣分公司發行 , 2025.03
面； 公分 . --

譯自：僕たちの幕が上がる

ISBN 978-626-7391-49-5 (平裝)

861.57　　113020394

三日月書版

三日月書版